T0179633

SPIN NULO

LA TRAMA

SPIN NULO

Rubén Azorín Antón
y
Juan Vicente Azorín Antón

Papel certificado por el Forest Stewardship Council®

Primera edición: noviembre de 2020

© 2020, Rubén Azorín Antón y Juan Vicente Azorín Antón
© 2020, Penguin Random House Grupo Editorial, S. A. U.
Travessera de Gràcia, 47-49. 08021 Barcelona

Printed in Spain – Impreso en España

ISBN: 978-84-666-6830-9
Depósito legal: B-11.596-2020

Compuesto en Llibresimes, S. L.

Impreso en Black Print CPI Ibérica, S. L.
(Sant Andreu de la Barca, Barcelona)

BS 6 8 3 0 9

Penguin
Random House
Grupo Editorial

2027

HERMAN HAHN

Ciencia y vida
Tokio, 5 de marzo, 19.00

1

Herman Hahn observa su rostro reflejado en el espejo. En concreto, examina la máscara que disimula las imperfecciones propias del envejecimiento. La joven que le atiende ha hecho un buen trabajo. Se pueden esconder las arrugas, pero no así la prominente nariz, que destaca con osadía entre el resto de los rasgos. Nunca le ha importado, pues pronto la convirtió en la clave de su personalidad y de su éxito. Sin querer reconocer que es narcisista, le hace considerarse atractivo y con un aire dominante y castigador.

La artista del maquillaje ultima los retoques de su rostro con algo parecido a un plumero en miniatura y le estudia desde todas las perspectivas, como un entrenador después de reconstruir la cara de su boxeador vapuleado antes de que suene la campana del siguiente asalto. No sonríe; la joven ha dejado de hacerlo poco después de que él dejase de asentir, educado, ante su estéril e interminable cháchara. Mejor así.

Alguien toca a la puerta del camerino. Es su turno. Herman se levanta y se pone la bata blanca de laboratorio sobre el traje. Su entrada en el plató es recibida con focos, música épica y aplausos enlatados. Se siente como si le presentaran en el otro extremo del ring: «Demos la bienvenida al púgil Herman Hahn, con una estatura de un metro y ochenta y dos centímetros y un peso de setenta y ocho kilogramos». El doctor nunca ha visto un combate de boxeo y no tiene intención de hacerlo, pero no podría afirmar lo mismo de su padre, que jamás se perdía uno. A Herman le cuesta comprender las razones por las que el ser humano, en pleno siglo XXI, se empeña en aferrarse a las raíces neandertales que todavía perviven en su interior.

El famoso presentador le recibe con un apretón de manos y le ofrece sentarse a su lado en un incómodo taburete. Los pies no le llegan al suelo y el sillín se le clava en la parte baja de la espalda. Los aplausos del público llegan a su apogeo y luego cesan de golpe. Las potentes luces le obligan a entornar los ojos. No formaría parte de aquel circo si no fuese estrictamente necesario. La prensa sensacionalista ha servido de altavoz a los catastrofistas y a los detractores del proyecto para el que trabaja y, tristemente, algunas publicaciones especializadas se han hecho eco de esas noticias infundadas. Es el momento de terminar con todo esto. Los presupuestos que se necesitan para este tipo de proyectos son cuantiosos, y para poder conseguirlos es importante que la prensa y el gran público estén de su parte.

—Damas y caballeros, bienvenidos una noche más al programa *Ciencia y vida*. Porque, como bien saben..., la vida es ciencia y la ciencia es vida. Hoy tenemos con nosotros al coordinador y máximo responsable de los dos grandes experimentos del Gran Colisionador de Hadrones alojado en el CERN, la Organización Europea para la Investigación Nuclear. Bienvenido, doctor Herman Hahn, y gracias por acompañarnos.

—Gracias a ustedes por la invitación.

El presentador asiente y, antes de continuar, muestra su blanca sonrisa a la cámara.

—Ante la inminente inauguración y puesta en funcionamiento del nuevo Colisionador Lineal Internacional o ILC, ubicado en Japón, muchos nos hacemos esta pregunta: ¿qué es o para qué sirve un acelerador o colisionador de partículas?

—Bueno, como su nombre indica, acelera partículas subatómicas haciéndolas girar en su interior hasta conseguir velocidades cercanas a la de la luz. Estas partículas giran en sentidos opuestos y se las obliga a colisionar en determinados puntos. Con esas colisiones se pretende generar nuevas partículas hasta ahora desconocidas.

—Tengo entendido que estos aceleradores son máquinas monstruosas.

—No creo que la palabra más apropiada para describirlas sea «monstruosas». Se trata de máquinas tan grandes como precisas. Milimétricas. Casi perfectas. Posiblemente sean la mayor obra de ingeniería realizada por el ser humano.

—Claro, doctor. Pero ¿de qué tamaños hablamos y en qué se diferencia el nuevo acelerador japonés del europeo?

—El colisionador europeo, el LHC, era hasta la fecha el más grande del mundo. Está situado en la frontera franco-suiza, en las afueras de Ginebra, y tiene un diámetro de veintisiete kilómetros. El Colisionador Lineal Internacional de Japón no será circular, de ahí lo de «lineal», y tendrá cincuenta kilómetros de longitud. Ambos están ubicados a unos cien metros bajo tierra.

—¡Increíble! ¿Y por qué se necesita un nuevo colisionador tan grande?

—El nuevo ILC conseguirá que las partículas que se aceleran en su interior choquen al doble de energía. Se presume que este aumento de potencia permitirá revelar la existencia de partículas nuevas más masivas, hasta ahora imposibles de detectar. Estas nuevas partículas, predichas por algunas teorías, solo se generan en eventos cósmicos muy agresivos, como la explosión de una estrella de neutrones o el propio big bang. Por tanto, el único modo de generarlas aquí, en la Tierra, es mediante estos aceleradores.

El presentador asiente con cara de profundo interés. Cambia de postura y lanza una nueva pregunta.

—Hasta la fecha, ¿cuántas partículas nuevas se han descubierto?

—El modelo físico estándar describe dieciocho partículas que forman la materia y las fuerzas que rigen sus interacciones. Todas ellas han sido detectadas en el LHC y están dentro del modelo de la física cuántica. Ciertas teorías físicas presuponían la existencia de algunas de ellas, pero no se había podido corroborar hasta hace poco. Con estas confirmaciones hemos mejorado nuestro modelo, lo hemos vuelto más sólido. El acelerador es el único lugar del mundo donde se recrean unas condiciones similares al big bang y se consigue mostrar estas partículas. Precisamente, el famoso descubrimiento del bosón de Higgs en 2012, definido teóricamente pero jamás observado hasta esa fecha, completó el modelo estándar de física. Ponía así punto final a una etapa de la ciencia y, al mismo tiempo, iniciaba otra igual de prometedora.

—¿Cuál es la importancia de las nuevas partículas que se buscan más allá de esas dieciocho? ¿Por qué ponen tanto empeño?

—La física clásica actual funciona muy bien para explicar los fenómenos que nos rodean a escalas humanas. Sin embargo, falla si la aplicamos a nivel subatómico o a determinados eventos cósmicos. El modelo estándar apenas explica un cuatro por ciento del universo, y solo en parte. Por tanto, sabemos que no es definitivo y que la nueva física tiene que existir. En el CERN vamos en pos de nuevos modelos que engloben lo que ya conocemos y que, al mismo tiempo, sean capaces de explicar algo más de ese 96 por ciento desconocido.

»El objetivo del CERN es claro: abrir las puertas a una nueva física que continúe la revolución iniciada por Einstein en el siglo xx. El descubrimiento de una de estas nuevas partículas podría confirmar esta nueva física, que daría un vuelco a la concepción actual del universo.

—¿Qué es lo que no explica la física actual? ¿Podría ser más concreto, doctor? —El presentador mira hacia la cámara y, sin dejarle responder, habla de nuevo—: Antes de conocer la interesante respuesta a esta pregunta, amigos míos, haremos una breve pausa para publicidad.

2021
(Seis años antes)

IAN BLOM

Adiós a París
Ginebra, 3 de febrero, 8.00

2

«¿Qué es el tiempo? Si nadie me lo pregunta, lo sé. Si me lo preguntan, no lo sé.» Ian Blom recuerda la conocida cita de san Agustín en esta noche de insomnio. Está siendo larga, más por su percepción del paso del tiempo que por las horas que han transcurrido sin poder dormir. El reloj proyecta sobre el techo del dormitorio un tiempo perezoso que se resiste a avanzar. Ninguna ley física podrá jamás medir la percepción personal del tiempo. Es algo íntimo, diferente para cada observador y cada momento o circunstancia.

El frasco de cristal que hay sobre su mesa de estudio es el causante de esta falta de sueño, no, como sería de esperar, los nervios propios de su primer día de trabajo, que comenzará dentro de pocas horas. El frasco, de lo más común, contiene una hoja de papel cuidadosamente doblada y cincuenta gramos de limaduras de hierro. La nota es de su novia, Corina H. Wells. Si no la hubiese leído, según los principios de la mecánica cuántica —salvando las distancias, ya que la vida no es un sistema cuántico—, existirían infinidad de variantes en lo tocante a su contenido. Sería igual de probable que se tratase de una declaración de amor eterno, de una lista de la compra o de una despedida airada. El contenido sería real en cada una de las variantes, tan real como que el famoso gato de Erwin Schrödinger está vivo y muerto al mismo tiempo mientras permanezca dentro de la caja del experimento, debido a la superposición de estados. Todo cambia cuando alguien abre la caja y se colapsa la función de onda. La sola opción de observar modifica el sistema, y en ese preciso instante se concreta si está vivo o muerto. Por ello, Ian se recrimina haberla leído aquella noche en París, pues al hacerlo convirtió sus temores en realidad. No lo ha vuelto a hacer desde entonces, precisamente para evitar que su contenido se haga todavía más real. Para cualquier otro observador, por ejemplo su nuevo vecino en Ginebra, sus múltiples contenidos posibles serían completamente reales.

Ian se levanta de la cama y abre el frasco. Despliega la nota sobre el escritorio y la espolvorea con las limaduras de hierro, que forman un cuadro abstracto al posicionarse mágicamente siguiendo las líneas de un campo magnético invisible. Al abrir el cajón que hay bajo el pupitre, las limaduras se desplazan con él. Ian Blom coge el potente imán de neodimio que hay en su interior y lo mueve. Las limaduras se erizan como púas y lo siguen, superponiéndose unas a otras. Las llamativas estructuras que forman son casi de ciencia ficción. Parecen un animal mecánico vivo. Ian hace bailar a esta curiosa criatura sobre el texto escrito de puño y letra por su novia.

> Es el momento de que nuestros caminos diverjan. Ha sido emocionante. Nuestros espíritus permanecerán entrelazados siempre. Que la ciencia te acompañe.
>
> Te quiere,
>
> CORINA

Encontró aquella nota a la mañana siguiente de recibir la oferta de trabajo del CERN. Era algo incomprensible para Ian, pues todo parecía ir viento en popa entre ellos. Pasaron la tarde y la noche haciendo planes sobre cómo sería su nueva vida en Ginebra. Al principio aceptarían el pequeño piso que iba incluido en la propuesta —en el que ahora se encuentra—, y luego buscarían algo mejor. El sueldo era muy superior al que tenía y el puesto, aquel al que siempre había aspirado. Vaciaron dos botellas de champán e hicieron el amor apasionadamente.

Por la mañana, la nota de despedida era su único rastro. Corina desapareció literalmente. Su número de móvil ya no existía, según la grabación mecánica que respondía en su lugar, y tampoco contestaba a los mensajes enviados a su correo electrónico y a sus cuentas de Facebook y Twitter. Desde ese día dejó de actualizarlas. Ian esperó un par de semanas; confiaba en poder hablar con ella, pero no fue posible. Finalmente decidió aceptar el trabajo e ir solo a Ginebra.

Sus manos tantean el fondo del cajón hasta dar con un pequeño joyero. En su interior hay un anillo de compromiso que tendría que haberle entregado esa última noche. Lo había comprado un par de meses antes, pero no encontraba el momento adecuado. ¿Por qué no se lo entregó aquella noche? Era el momento ideal. Ahora es demasiado tarde.

Levanta la persiana de la habitación. El día quiere empezar a clarear. Una fina capa de nieve lo pinta todo de blanco y las farolas de la calle están tocadas, como diría Corina, con un gracioso gorro níveo. Inspira profundamente diez veces y luego se vuelve a la cama, de un metro y medio por dos, al fondo de una habitación relativamente amplia, con una estantería en la pared frontal y una mesa de trabajo en el otro extremo. Le gusta su acogedor loft. Un sencillo estudio sin salón, con una cocina pequeña y un aseo más pequeño todavía. Hubiese sido suficiente para ambos. Siente una punzada de dolor al ver la cama vacía, sin el delicado cuerpo de Corina tendido en ella. En cuanto él se levantaba, ella aprovechaba para estirarse y ocuparla por entero. Era algo automático, estuviese despierta o no.

Ian forma un embudo con el papel de la nota y lo usa para devolver las limaduras de hierro al frasco de cristal. Después lo pliega cuidadosamente y también lo introduce. Es casi la hora y no piensa llegar tarde en su primer día de trabajo.

Se mete en la ducha. Abre el agua caliente para enjabonarse y luego, poco a poco, va incrementando el flujo de la fría hasta que tiene que apartar el cuerpo y dejar solo la cabeza. Aguanta hasta que no puede resistir más. Tiene la costumbre de hacerlo; le despeja y consigue que el cerebro le funcione mejor. «Conexiones sinápticas a pleno rendimiento», solía decir cuando Corina le recriminaba por torturarse con agua tan fría, aunque en realidad es casi una necesidad.

Luego, antes de vestirse, se toma los cuarenta centilitros de leche de almendras. El vaso, que emula una probeta de laboratorio con sus medidas, le permite no desviarse de esa cantidad. Corina siempre acertaba con los regalos; era observadora y detallista. Por último, se toma la obligada cucharada de aceite de oliva virgen extra con dos gotas de limón. Es una tradición heredada de su madre española, a la que no pudo conocer y de la que su padre nunca solía hablar. Aquella manía es de los pocos detalles que conoce de ella. Y la hizo suya. Es una costumbre sana y, en cierta forma, le recuerda que él también tuvo madre.

Termina de vestirse y se cuelga del cuello la tarjeta de identificación. Ya está listo para partir.

3

La mañana es tan fría y sombría como lo ha sido la noche. El tranvía que llega hasta el CERN se detiene a pocos metros del apartamento y solo necesita caminar tres minutos para alcanzar la parada. El centro habrá elegido aquel edificio para alojar a sus investigadores por su ubicación y comunicación inmejorables. El panel indica que faltan ocho minutos para la llegada del siguiente convoy, así que lleva dos de retraso. Dos minutos que en realidad son cuatro, pues hay una desviación de dos minutos entre la hora que indica la parada y la suya. Y la suya es la correcta.

Solo hay una mujer de mediana edad sentada en el banco de la parada, pero Ian prefiere esperar de pie. Conforme pasan los minutos va llegando más gente. Nadie se sienta en el banco; todos intentan guardar las distancias de forma equidistante. Juntos, pero aislados. Primero, sin detenerse, pasa el tranvía que va en sentido contrario, y un minuto después llega el suyo. Ian cede el paso a los demás pasajeros antes de subir. Las puertas se cierran y, a través de la ventana, advierte que alguien viene corriendo entre la bruma. No le va a dar tiempo, así que presiona dos veces el botón que abre las puertas para evitar que el tranvía se ponga en marcha.

El joven que llega con retraso sube sin esfuerzo al vagón, con un ágil salto, choca con el hombro de Ian y, sin cambiar su abstraída expresión ni decir palabra, se sienta. Se pone la capucha de la sudadera oscura que viste y los auriculares de la tableta. Parece no haberse percatado de que le ha ayudado. Es curioso, fuera iba sin capucha y dentro la usa; parece que prefiera aislarse más de la gente que del frío. No es que le importe especialmente, pero esperaba un simple «gracias».

El convoy arranca con un tirón que le obliga a sujetarse a la barra superior. Hay asientos libres, pero ninguno individual, por lo que permanece de pie. Su destino está a treinta y tres minutos según la propia aplicación del tranvía. Sigue la trayectoria en el móvil y comprueba que es bastante exacta. Apenas hay unos segundos de desviación con las paradas.

Según avanza, bajan más pasajeros que los que suben y se liberan algunos asientos dobles. Ian se sienta frente al encapuchado. No ha levantado la vista ni una sola vez de la pantalla, ¿qué estará mirando tan absorto? No quiere ser indiscreto, aunque los reflejos de luz le impiden distinguirlo. En la parada previa a su destino bajan tres pasajeros más y solo quedan ellos dos en el vagón.

—¿Trabajas en el CERN? —pregunta Ian sin mucha decisión.

No obtiene respuesta. Seguramente los auriculares no le han permitido oírle. Ian desiste y disfruta del paisaje hasta que llegan a su destino. Presiona el botón iluminado y, nada más abrirse las puertas, el pasajero de la capucha se cuela para salir primero. Lo ve caminar a grandes zancadas hacia las instalaciones del CERN, cabizbajo y con la capucha ceñida. Ian le sigue, pero a un ritmo más lento. Quiere disfrutar el momento y no perderse ningún detalle; intuye que lo recordará siempre. Pese a la hora, ve entre el vaho del aliento a dos *skaters* sumergiéndose con piruetas vertiginosas en la pista del parque. Su estado de ánimo también oscila con ellos, entre la euforia de estar haciendo realidad un sueño y el vacío de la ausencia de Corina.

Pasea por lo que se llama la Explanada de las Partículas, donde está la sede oficial. Le llaman la atención dos conjuntos de banderas coronando altos mástiles, que inconscientemente cuenta. Son veintidós. Detrás se distingue la gran cúpula que se ha convertido en el símbolo del CERN, y que estaba deseando poder contemplar *in situ*. A ella se dirige. La esfera está mágicamente formada por miles de listones de madera, y en estos momentos la parte superior parece decorada con el blanco de la nieve. Se trata de un edificio impresionante llamado Globo de la Ciencia y la Innovación.

Delante del globo hay un ejemplar de módulo criogénico exactamente igual a los que se hallan en el túnel del acelerador. Es como un gran torpedo que destaca por su color azul típico. Así pues, se hace un selfi con el globo de fondo, al igual que han posado miles de personas para inmortalizar el momento. Inconscientemente busca en el móvil el número de Corina para enviárselo.

4

Ian accede al edificio en el que le han convocado, una construcción sobria y modular. Los reúnen en un aula no muy diferente a las de su facultad de física en la NTNU, la Universidad Noruega de Ciencia y Tecnología; es semicircular, escalonada, y está provista de una pizarra doble. Sobre la pizarra superior hay una pantalla blanca donde aparece proyectada la frase «Bienvenidos al CERN»; el acrónimo «CERN» aparece incluido dentro del logo con dos círculos azules superpuestos. Están ocupados solo cuatro asientos de los noventa posibles, dos en la segunda fila y dos en la cuarta. Los asistentes dejan dos espacios entre sí. Ian se sienta en el puesto de la segunda fila que no rompe el patrón.

No tarda en aparecer un tipo amistoso, que se presenta como Alex Hoomsey. Viste de manera informal, con unos vaqueros desgastados y una camiseta oscura repleta de fórmulas físicas en blanco. Destaca «$E = mc^2$», pero lo que más llama la atención del sujeto es su pelo; está completamente calvo por la coronilla y una coleta blanca le cae hasta la espalda.

—Hoy tengo el privilegio de poder daros la bienvenida al CERN, la Organización Europea para la Investigación Nuclear.

»Como sabéis, este es el centro de investigación de física de partículas elementales más grande e importante del mundo. Si os habéis fijado al llegar, veintidós banderas ondean en el campus, tantas como países que colaboran en este colosal proyecto. Nos enorgullecemos de ser un centro multinacional y también nos beneficiamos de ello con las grandes aportaciones de las diferentes culturas. Esta institución la fundaron en 1954 doce países europeos. Los veintidós estados miembros actuales comparten la financiación y la toma de decisiones en la organización. Además, otros veintiocho países no miembros con científicos de doscientos veinte institutos y universidades también participan en proyectos del CERN utilizando sus instalaciones. Es todo un éxito y un modelo de colaboración que seguir. Y por eso queremos que os sintáis como en casa.

»El campus lo componen ochenta edificios y, como os decía, bajo nuestros pies se encuentra el mayor acelerador de partículas del mundo, el gran LHC, la máquina más precisa concebida por el ser humano. Aquí, en el CERN, exploramos las fronteras del conocimiento, los mismos límites del saber. Y es muy posible que aquí, en los próximos años, abramos las puertas a la nueva física, a una nueva concepción del universo. Esperamos estar a un paso de encontrar otro mundo. Es algo fascinante y emocionante.

»Pero no os robo más tiempo. Todo lo que os he dicho lo sabéis a la perfección y solo quería daros la bienvenida. Y ahora..., con todos ustedes —dice simulando un redoble de tambores con las manos y la voz—, nuestro eminente coordinador y director, el doctor Herman Hahn.

En el momento en que Alex sale del aula, entran dos jóvenes más. Se sientan en una fila de detrás, uno en cada esquina. Se han saltado el patrón de que haya dos asientos vacíos entre los presentes. Uno de ellos es el joven que casi pierde el tranvía. Ahora no lleva puesta la capucha, pero sí los auriculares. No da muestras de reconocerle.

Pocos segundos después entra un hombre de mediana edad con una bata blanca de laboratorio. Es prácticamente calvo y tiene una nariz prominente. Se hace un silencio intenso, respetuoso. Aquel hombre no necesita presentación. Apaga la proyección de bienvenida con un mando que hay en la mesa, coge un borrador y empieza a borrar concienzudamente la fórmula que había escrita en la pizarra hasta que solo quedan dos haches. No se oye ni un murmullo durante todo el proceso.

—Soy el doctor Herman Hahn. Pueden dirigirse a mí como «doctor Hahn», y para bien o para mal estarán bajo mi supervisión directa. Para algunos será un halago, pero para otros puede ser una tortura.

»Como saben, durante estos dos años que el LHC no ha estado en funcionamiento se han solucionado pequeños problemas operativos y se han hecho mejoras tanto en el conductor como en los detectores. Ahora podremos generar mayor número de colisiones y a mayor energía. Esto es vital para encontrar las esquivas partículas que buscamos. Pero, como también saben, todo esto no valdrá de nada si la precisión de los detectores falla lo más mínimo, y por eso están ustedes hoy aquí. De los cuatro experimentos del gran acelerador, los dos más importantes son el ATLAS y el CMS, y es a estos a los que han sido asignados. Serán los responsables de calibrarlos, afinarlos y testearlos. De su trabajo dependerá que estos dos años de trabajo intenso culminen con éxito.

El doctor hace una pausa y pasea la mirada por cada uno de los presentes.

—Hace unos años se filtró a la prensa el descubrimiento simultáneo por parte del ATLAS y el CMS de la posible existencia de una nueva partícula. Nos precipitamos. Las pruebas no eran sólidas y, por supuesto, no cumplían los cinco sigmas de significación estadística, o, lo que es lo mismo, una probabilidad del cero coma cero cero cero cero veintisiete por ciento de que la hipótesis sea nula. Esto no puede volver a ocurrir. Si todo funciona como esperamos, podremos confirmar la existencia de esta jodida nueva partícula más pesada que va a abrir las puertas a la nueva física y va a sentar las bases para unificar las fuerzas de la naturaleza. La prueba de su existencia confirmaría de una vez por todas la teoría de la supersimetría que llevamos años persiguiendo y acotaría el problema de la materia oscura.

»Seis de ustedes trabajarán en los dos detectores y el séptimo, Javier Gil, lo hará en la red de computación del LHC.

El doctor pronuncia el nombre con toda la intención para reprender al compañero, que solo levanta la vista al oírlo.

—Este punto no es baladí. La cantidad de datos que vamos a obtener será ingente y muy difícil de manejar. Necesitamos filtrarlos y procesarlos mejor para no vernos desbordados. Ni ustedes ni sus currículums han sido elegidos al azar. Todos tienen algo que aportar y es el momento de demostrar su valía. Confío en que lo harán. No todos los días se le ofrece a uno la oportunidad de hacer historia. Ya lo hicimos en 2012 con el descubrimiento del bosón de Higgs tras cincuenta años de búsqueda. Ahora, en 2021, puede que descubramos algo mucho más importante.

»Insisto: no puede haber más filtraciones. Todo pasará por mi persona. —Los mira fijamente unos segundos—. Nada más por mi parte. Confío en que no les asuste el trabajo y den lo mejor de sí mismos. Mañana mismo empezaremos.

Nadie se atreve a aplaudir al doctor. Poco a poco el resto de los compañeros se levantan y se dirigen a la salida, pero Ian permanece sentado. Aquel hombre le ha causado una honda impresión.

Herman Hahn se acerca unos pasos a la primera fila de pupitres.

—Joven, le espero en mi despacho.

Ian duda de que se haya dirigido a él y mira atrás. No hay nadie más. Cuando vuelve la cabeza, el doctor también se ha marchado.

5

Ian Blom sale del despacho del doctor Hahn. Ha sido un privilegio hablar con él en persona, y más en su primer día en el CERN. Sin embargo, la charla no ha ido todo lo bien que hubiese deseado. Solo al final, en su última respuesta, ha querido interpretar un amago de satisfacción en el semblante del señor Hahn..., del doctor Hahn, se corrige mentalmente. Tendrá que demostrar día a día que es merecedor de ocupar el puesto que le han asignado. ¿Realmente lo es?

—Disculpe, ¿es usted uno de los físicos que trabajan para el señor Hahn?

—Doctor —responde Ian de forma casi automática.

La mujer que le ha formulado la pregunta queda un poco desconcertada ante su respuesta. Algo similar le ha ocurrido a él durante toda la charla con el doctor Herman Hahn. Quizá esta sea su forma de resarcirse. La mujer rondará los cuarenta y pocos y es atractiva. No la conoce. Él es un recién llegado y les han pedido discreción, así que da una respuesta vaga para tratar de zanjar la conversación.

—Es «doctor Hahn», no «señor Hahn». Y yo solo soy un joven artista.

La mujer capta la indirecta y no insiste. Se acomoda en el asiento de la sala de espera mientras él continúa hacia la salida del edificio. Ian lamenta haber sido descortés con la mujer. Seguro que su comportamiento es fruto de su enfado por la desaparición de Corina y la entrevista con el doctor. Cuando abre la puerta, la mujer habla de nuevo.

—Quizá volvamos a vernos, joven artista.

—Eso espero, señora.

—«Doctora», es «doctora Carlota».

Ian se detiene un momento y la mira con una sonrisa. La gente de allí es muy aguda.

—*Touché* —dice antes de salir.

Antes de volver a su apartamento, decide tomar algo en el propio CERN. Nadie le espera en casa y tiene entendido que hay algunos restaurantes buenos y económicos. Se dirige al más cercano. El funcionamiento es sencillo, aunque no llega a ser un *self-service*. Eliges uno de los varios menús que se ofrecen y los cocineros que se encuentran de pie tras unas pequeñas barras los preparan en el momento. Hay bastante gente; al parecer acaba de terminar una conferencia en el salón de actos de la tercera planta del mismo edificio y gran parte de los asistentes aprovechan para tomar algo. Al menos eso ha visto en los carteles de la entrada. Ian coge una bandeja y se pone en la cola destinada a opciones veganas; puede ser una buena elección, pues no tiene mucho apetito y solo quiere poder pedir antes de que haya mucha aglomeración.

—Quisiera el número tres.

El cocinero empieza a preparar el pedido con manos diestras. Se mueve rápido para su volumen. El problema es el sudor. Ian vigila las gotas que se le forman en la frente y las sienes y las ve resbalar impregnando su mascarilla. Teme que alguna caiga en el bol de avena cocida con leche vegetal que está preparando. Una silueta familiar hace que deje de estar concentrado en el sudor del obeso cocinero y se queda petrificado. Cree haber reconocido a Corina entre los que salen de la charla. Es imposible, pero el peinado y la forma de caminar son idénticos.

—¿Desea algo más? —pregunta el grueso cocinero.

Ian se pone de puntillas para no perderla entre el gentío.

—Si no desea nada más, tome su bandeja y permita que pase el...

—Disculpe, doctor —le interrumpe Ian para ir a buscarla. No se molesta en coger la bandeja.

Pero la chica ya no está. Sale al pasillo y recorre la hilera de los que salen de la charla hasta la salida. Una vez fuera, mira a ambos extremos. Nada.

Vuelve a por la bandeja, que sigue allí, algo apartada en un lateral. El cocinero gruñe al reconocerlo. Ian se sienta en una esquina desde donde puede observar casi todo el comedor. Lo más probable es que las ganas de verla le hayan jugado una mala pasada. Especialmente allí, en el CERN. A ella también le hubiese encantado visitarlo e incluso trabajar en él, al menos al principio de su relación. Se conocieron al coincidir en un curso sobre aceleradores y detectores en Alemania. Solo había tres mujeres entre los dieciocho asistentes y ella destacaba como una amapola en un prado de hierba verde. Apenas cruzaron unas palabras el último día del curso, pero fue suficiente. A Ian le impactó y se le quedó grabada.

Un año y treinta y tres días después, viajó a Oslo para recoger un premio por su tesis sobre cómo calibrar uno de los grandes detectores del LHC del CERN. Esa noche pensó en ella y luego, casualidades de la vida, la vio en el salón de actos, entre los asistentes. Al reconocerla se trabó un par de veces durante su exposición, pero supo reponerse y acabó por encontrar en su presencia las fuerzas que necesitaba. Al terminar su intervención, ella aplaudió con entusiasmo y siguió haciéndolo hasta quedarse sola. Le hubiese gustado acercarse a saludarla y decirle que la había reconocido y que había pensado mucho en ella. No lo hizo, por supuesto que no. Tuvo que ser ella la que se le aproximó durante el cóctel mientras él buscaba el valor, que seguramente no hubiese encontrado, para hacerlo. Quedaron para verse al día siguiente, y al siguiente. Discutieron sobre los aceleradores y los detectores, sobre física y cine. Pronto descubrió que la mente de Corina era tan atractiva como su cuerpo. Era inteligente e intuitiva. Cariñosa y jovial. Al poco tiempo de empezar a salir, solían fantasear con la posibilidad de trabajar juntos en el CERN y ayudar a encontrar una nueva partícula que lo cambiase todo. Sin embargo, pasados unos meses, Corina dejó de hablar de los detectores o lo hacía con poco entusiasmo. Ian nunca supo el motivo de este cambio de actitud. Quiso preguntárselo en mil ocasiones, pero no encontró la forma de abordar el tema. En asuntos personales siempre acaba decantándose por el silencio. En una ocasión, ella comentó que su padre acabaría por hacerle aborrecer la ciencia. Esa fue su única explicación, nada más. Nunca hablaba de su familia. Ian tampoco, ya que en su caso no había mucho que contar. Y ella ya lo sabía todo.

Cuando llevaban un año juntos, a Corina le salió un trabajo en París y se mudaron allí. Era feliz. Él consiguió un puesto en el acelerador del Museo del Louvre. Fue como una larga luna de miel en Francia mientras Ian se preparaba para acceder al CERN o al nuevo proyecto que se estaba gestando, posiblemente en Japón.

6

Ya está oscureciendo cuando Ian baja del tranvía en la parada más cercana a su pequeño apartamento. Llovizna y el ambiente es frío. Se abrocha la cazadora y oye sus propios pasos mientras su doble sombra proyectada por las farolas ondea sobre los adoquines de la acera. En el rellano del bloque se cruza de nuevo con su compañero encapuchado, que ahora, por la charla de presentación, sabe que se llama Javier Gil. Parece tener prisa y vuelve a evitar saludarle.

Ian deja las cosas sobre la cama y enciende el televisor, que deja silenciado. Abre la ducha y deja correr el agua mientras se desviste. El mismo vapor calienta el pequeño cuarto. El día ha sido muy distinto a como lo había imaginado. Se pone bajo el chorro y deja que el agua se lleve sus pensamientos. Le duele la cabeza y quisiera poder no pensar en nada para descansar. Siempre le ha costado mucho no analizar todos los detalles de su día a día y dejar la mente en blanco. Pasados unos minutos gira cada vez más la manivela del agua fría, hasta que no puede aguantar y salta de la ducha. Se pone una camiseta y se sienta en la cama. Da un repaso a la programación de televisión sin encontrar nada mínimamente interesante. Apaga el televisor y coge uno de los libros de la modesta biblioteca, la única zona del apartamento vestida con la mudanza, que consistió en cuatro cajas de zapatos repletas de libros, tabletas, portátiles y cables enmarañados.

Abre *Física de partículas. Una puerta a otro mundo*, un regalo de Corina con motivo del día del Libro y uno de los mejores para entender la física de partículas. Lee la dedicatoria. «¿Seremos capaces algún día de medir el amor? Besos. Corina.» Sonríe y se pierde entre las páginas hasta que siente algo de frío. La ventana está ligeramente abierta y en el pupitre hay un pequeño charco que avanza hasta alcanzar la base del frasco de cristal que contiene las limaduras de hierro y la nota. Va a la minúscula cocina solo para darse cuenta de que no tiene con qué limpiarla.

Usa un calcetín para secar el agua e, inconscientemente,

clava la vista en el frasco que hay sobre el pupitre. Desenrosca lentamente la tapa. ¿Y si no hubiese leído la nota? ¿Podría decir cualquier cosa? Siempre se hace la misma pregunta. Cierra los ojos y se esfuerza por borrar el recuerdo y simular que esta es la primera vez que la lee. Usa dos dedos para pescar el papel y lo agita para desprender las limaduras de hierro. Luego lo desdobla cuidadosamente, intentando no recordar nada del contenido. Eran veinticuatro palabras, alrededor de «ciento cuarenta letras»; no puede evitar esas referencias y el cálculo mental, pero de momento consigue eludir el contenido concreto. Cuando abre los ojos, queda perplejo. Las frases son ahora ilegibles, la tinta se ha corrido como si se hubiese mojado. Cierra la ventana y vacía el frasco sobre la madera. Las limaduras están secas y el interior también. Usa una regla para devolver las limaduras al tarro y se centra en la supuesta nota de despedida de Corina. Es imposible leer nada; solo se puede intuir la palabra «entrelazados», la que venía a ser la decimoctava palabra del texto. Hace ese cálculo inútil para frenar su mente y no visualizar el contenido.

Se asoma a la calle. Sigue desierta. El pavimento mojado refleja el halo de las farolas. Se acerca al vidrio de la ventana y en el vaho que deja su aliento dibuja un infinito. En el interior del círculo izquierdo escribe la letra «I» y en el derecho la letra «C». Sonríe. Aquel símbolo le evoca gratos recuerdos. Vuelve a doblar la nota y la mete en el frasco. Esta vez lo aparta de la ventana, y el frasco queda en el filo de la mesa.

Se tumba en la cama y vuelve al libro hasta que le entra

sueño. No ha cenado, pero no le atrae la despensa. Biscotes y latas de atún. Y sabe de memoria lo que hay en la nevera: además de su leche y miel rituales, solo hay dos barritas energéticas, pan de molde y una bebida isotónica, todos a medias. Tiene que aprovisionarse. Cierra los ojos y poco después el libro abierto sube y baja sobre su pecho al compás de su rítmica respiración.

HERMAN HAHN

«Llámenme doctor Hahn»
Ginebra, 3 de febrero, 8.00

7

El doctor Hahn, como comprobando sus dotes de retención, repasa en su despacho los currículums de las nuevas incorporaciones a los dos experimentos principales del LHC, el gran acelerador de hadrones. Ya cuentan con personal sobradamente cualificado y competente, pero a tenor de los problemas registrados antes del parón del colisionador, y de lo que se juegan, en el consejo se ha propuesto una revisión adicional efectuada por personal ajeno al equipo inicial. Herman no cree que sea necesario, si bien es cierto que al revisar el trabajo realizado por uno mismo se puede pasar por alto algún detalle insignificante, y en esta ocasión un detalle insignificante puede resultar fatal para el proyecto en su conjunto. Hay muchas miradas puestas en ellos. Las voces críticas han cobrado fuerza en los últimos meses y podrían recortarse los presupuestos. Es algo que no puede suceder, pues para mantener el colisionador en marcha hace falta mucho dinero.

El doctor Hahn deja seis de los siete currículums sobre la mesa. Se trata de trabajadores o colaboradores del CERN con experiencia y cualificación acreditadas. Conoce los seis nombres; de hecho, cuatro de ellos fueron candidatos propuestos por él mismo. No ocurre lo mismo con el séptimo currículum, que sujeta en la mano. Tiene un perfil alto, aunque sin experiencia. No le suena el nombre. Lo escruta minuciosamente por enésima vez y accede a la información complementaria que había pedido. Mientras el informe se despliega en un recuadro de su propia mesa digital, alguien llama a la puerta.

—Adelante —dice con voz gruñona. No le gusta que le interrumpan si no es estrictamente necesario.

—Está ahí fuera otra vez.

—¿A quién se refiere, señor Waas?

—¿A quién va a ser? A la mujer que lleva semanas preguntando por usted. Es joven y guapa... —afirma su colega Larry Waas con sonrisa de sátiro.

—Gracias, señor Waas. Usaré entonces la puerta trasera.

—¿De verdad no siente curiosidad?

—Le agradezco el aviso, pero estoy ocupado. Asegúrese de cerrar bien al salir.

La última frase borra sin piedad la sonrisa del otro investigador y este cierra la puerta con más fuerza de la necesaria. ¿Será para cumplir su ruego o estará molesto? «Quizá sea por ambos motivos», piensa durante un instante Herman antes de obviar por completo el asunto. Tiene cosas importantes en las que pensar.

Da una orden, la pared trasera se inunda con la información que estaba consultando; pasea mientras la lee. El despacho es grande. En realidad, es un laboratorio en el que la quinta parte la ocupan una gran mesa digital y una silla de diseño con funciones de trono.

Consulta la hora; solo quedan unos minutos para recibir a las nuevas incorporaciones al proyecto, y salir por la puerta trasera le obliga a efectuar un recorrido más largo. Ordena cerrar los informes y se marcha. Nunca llega tarde y no piensa empezar a hacerlo ahora.

8

Tras la breve charla de presentación regresa directamente a su despacho; por la puerta trasera, claro. Son jóvenes prometedores; el único que parecía algo insolente era el de los cascos y la mirada gacha, pero, por lo que se ve, los informáticos de hoy en día son así. Se propone no ser demasiado duro con ellos. Su antiguo compañero, el profesor Hinne, siempre le reprochaba precisamente que fuera inflexible con los jóvenes. Sin embargo, él sostiene que solo descubres hasta dónde puedes llegar si alguien ajeno a tu entorno de confianza te fuerza al límite de tus capacidades. Si nadie lo hace, te estarán haciendo un flaco favor. Está convencido de que en el futuro se lo agradecerán.

Con un chasquido, el doctor reactiva el monitor y centra su atención en la tesis del recién incorporado, que lleva por título «Beneficios de usar muones para calibrar el detector CMS». Aunque podría recitarla de memoria, quiere leerla una vez más antes de recibir a su autor. Va por la penúltima hoja cuando oye tres golpes en la puerta.

—Adelante —dice con calma. Es una visita esperada.

El joven entra sin mucha convicción. Se acerca y, tras vacilar un segundo, se presenta.

—Soy Ian Blom. ¿Quería verme?

El doctor le tiende la mano.

—Es un placer conocerle en persona —dice Ian tras el apretón de manos.

—¿Está usted seguro de eso, joven?

—Disculpe, no comprendo...

El doctor Hahn hace un gesto con la mano para que olvide su pregunta y le ofrece asiento. Devuelve la proyección a su mesa y termina de leerla. El joven espera pacientemente.

—¿Por qué está usted aquí, joven Blom?

—Usted me ha pedido que viniera al finalizar la presentación...

—¿Por qué está usted aquí, joven Blom? —repite la pregunta el doctor elevando ligeramente el tono de voz.

—Disculpe, no comprendo...

—¿Es usted artista?

Ian tarda unos segundos en responder.

—Lo siento, pero creo que no le he entendido bien.

—Le he preguntado si es usted artista.

—Soy físico, señor.

—Doctor.

—¿Cómo?

—Prefiero que se dirija a mí como «doctor». Pensé que lo había dejado claro hace unos minutos en el aula. ¿Cree que podrá hacerlo?

—Por supuesto, se... doctor.

—Bien hecho, joven. Veo que aprende usted rápido. —Una palabra y el informe se desliza obediente hasta mostrarla—. Aquí pone que trabajaba en el Museo del Louvre antes de incorporarse a mi proyecto, así que le repetiré la pregunta una última vez: ¿es usted artista?

—Que trabajase en el acelerador del Louvre no significa que sea artista.

—¡Ah!, ¿no?

—Allí usamos el acelerador para certificar la validez de las obras sin perjudicarlas. Los aceleradores tienen muchas aplicaciones hoy en día. No hace mucho oí que hay más de treinta mil en todo el mundo.

—¿Pretende explicarme las aplicaciones de los aceleradores? —pregunta con incredulidad Herman Hahn—. Así que un joven artista viene de París, de los sótanos del Louvre, para explicarme el abanico de aplicaciones prácticas de los aceleradores de partículas. ¡Ahora lo entiendo todo!

—Señor, no pretendía...

—¿«Señor»?

—Doctor.

—Volvamos a la pregunta inicial, joven artista. ¿Por qué forma parte de mi proyecto?

—Supongo que estará relacionado con mi tesis, en ese cuadrante de su mesa...

Efectivamente, el documento sigue abierto y es visible para su interlocutor. La tesis es muy interesante, incorpora algunas novedades arriesgadas que el doctor reconoce, pero no aplaude gratuitamente. No piensa ponérselo tan fácil.

—¿Tiene alguna experiencia laboral más allá de pintar cuadros?

—Yo no...

—¿Usted no pinta cuadros o no tiene experiencia?

—Ambas cosas, se... doctor.

—¿Cuántos de los cuadros expuestos en el Louvre serán la primera obra de un autor?

—Lo desconozco...

—Doctor. ¡No es tan difícil! ¿Qué le dice su intuición?

—No soy un experto en cuadros.

—Le reformularé la pregunta. Si usted fuese un pintor, ¿cree que su primera obra sería digna de ser expuesta en el Louvre?

—No es mi primera experiencia con detectores.

—David y Goliat... ¿Podrá aplicar su tesis a mi detector de manera tan precisa que los resultados sean expuestos en el Louvre?

—Respondiendo también a su pregunta inicial, precisamente por eso estoy aquí, doctor.

9

El doctor Hahn sonríe cuando el joven Ian Blom sale del despacho. Muy poca gente le ha visto sonreír. Jamás lo hace en público. Su padre le decía que era más serio que un busto del César y que su expresión facial era idéntica a la de un boxeador antes de saltar al cuadrilátero. Tampoco recuerda que su padre dijera alguna vez algo con el suficiente ingenio para que valiera la pena reír. Era un hombre rudo y simple. Si hubiese nacido cien mil años antes habría encajado a la perfección con los coetáneos.

Lo cierto es que el nuevo investigador le ha caído bien. Su última respuesta ha sido inteligente. A pesar de su intención, tal vez el profesor Hinne consideraría que ha sido un poco borde con él, pero solo cuando le ha puesto contra las cuerdas el joven ha sacado el genio para hacerle frente. Los símiles pugilísticos son parte de la triste herencia de su padre. Le gustaría que aquellas expresiones inútiles grabadas a fuego durante su infancia desapareciesen, pero no consigue sacárselas de la cabeza. Fueron demasiados años oyéndolas una y otra vez. Su padre jamás se perdía un combate, y a partir de cierta edad le obligaba a verlos con él. Herman cerraba los ojos a modo de protesta, pero no podía evitar que el sonido se le colase en la cabeza.

Tendrá su oportunidad, el joven artista. Aunque no se haya tomado muy bien el apodo que le ha puesto, es de lo más apropiado. Si es capaz de aplicar las ideas que subyacen en su tesis, eso es verdadero arte. Pocos sabrían apreciarlo como tal, pero es arte.

Herman enciende el ordenador e introduce una cápsula en una cafetera que se asemeja a una cinta de Moebius. Le espera una noche larga analizando los datos recogidos durante 2018 por los dos principales detectores del LHC. La ingente cantidad de datos almacenados a lo largo de todo un año sería intratable sin el uso de potentes computadoras armadas con algoritmos muy depurados. Antes del parón se almacenaron unos veintisiete terabytes por día, más de quince petabytes de datos en el transcurso del año, y eso es algo inabordable para los seres humanos. Él, por supuesto, solo está revisando un espectro muy filtrado de eventos interesantes y afinándolos todavía más con un nuevo algoritmo de coincidencia. Herman Hahn no quisiera pasar por alto algo que, con los datos actuales, pudiese confirmar la existencia de una nueva partícula. Se registraron ciertas anomalías en los años 2016 y 2018 en dos detectores diferentes, el CMS y el ATLAS, que aunque buscan lo mismo son completamente independientes. No hay datos suficientes para confirmar que esta anomalía no sea un fallo estadístico, pero el doctor intuye que hay algo. Tiene que haberlo. Le cuesta creer que fuese una mera coincidencia.

Los ordenadores son muy precisos y veloces, pero carecen de la intuición de un investigador. Los algoritmos con los que trabajan para establecer patrones o descartar datos son humanos, y siempre son susceptibles de mejora. Son falibles. Además, gran parte de la información se analiza fuera del CERN. Y esto a veces le genera cierta desconfianza.

Durante estos últimos meses, Herman ha trabajado en una mejora del tratamiento de datos. Por eso solicitó la incorporación al proyecto de un informático con un perfil muy determinado. El elegido ha sido Javier Gil, con el que espera, más allá de sus modales, desarrollar su idea. Siempre trabajará bajo su supervisión y sus directrices. Y mientras la implementa, él llevará a cabo una revisión más manual. Hasta donde le dé tiempo, claro está. Se necesitarían muchas vidas para revisar los datos que almacena en su disco duro, y eso que ha eliminado la mayor parte.

Así que, una vez apurado el café, se arrellana en el sillón, que ya se aseguró de que fuera lo bastante cómodo. No es la primera noche, ni será la última, que pasa en él.

2027
(Seis años después)

HERMAN HAHN

Teoría cuántica de la gravedad
Tokio, 5 de marzo, 19.30

10

El presentador, fuera de cámara, gira completamente su taburete, apaga su sonrisa y sus gestos se vuelven apáticos.

—Lo está haciendo muy bien, doctor —comenta con indiferencia y acompañando la frase con una palmada en la rodilla—. No pretenderá quitarme el puesto, ¿verdad?

Herman hace un esfuerzo por contener su ira. Más allá del contacto físico, aquellas confianzas y el poco respeto que muestran hacia su persona no le gustan nada. No sonríe y, por supuesto, no contesta. Está seguro de que cualquier cosa que pudiera decir no iba a ser del agrado del presentador y podría enturbiar el resto de la entrevista. Y eso no le conviene. Ese mismo razonamiento le disgusta. Está empezando a actuar como un político.

Suena una pegadiza sintonía y acto seguido una cuenta atrás. Tres, dos, uno...

El presentador gira el taburete en el último segundo y se enfrenta a la cámara, se echa el pelo hacia atrás con una mano y vuelve a su cara de brillo exultante. Patético.

—Bienvenidos de nuevo a *Ciencia y vida*, porque la ciencia es vida y la vida es ciencia, ¿no es así, doctor?

Herman asiente y trata de forzar una sonrisa, aunque no está seguro de haberlo logrado.

—Retomemos la última pregunta, doctor. ¿Qué es lo que no explica la física actual?

—Como he dicho, la física clásica apenas puede explicar un cuatro por ciento del universo, si bien es cierto que este pequeño porcentaje es el más importante para nosotros, pues lo conforma la materia bariónica, que es aquella que nos constituye. El resto es, supuestamente, materia oscura en un veinticinco por ciento y energía oscura en el setenta por ciento restante. Todavía no sabemos nada sobre ellas, pero experimentos como los que llevamos a cabo en el CERN pueden cambiar en cualquier momento esa situación.

»El modelo estándar, por ejemplo, no puede explicar por qué el universo se está expandiendo de forma acelerada, es incapaz de explicar por qué las galaxias giran más rápido de lo que deberían hacerlo o por qué en el universo hay más materia que antimateria. Tampoco puede dar una explicación concreta sobre qué es la gravedad a nivel cuántico. Las teorías fallan a pocos nanosegundos del big bang.

—¿Podría profundizar algo más sobre esas preguntas que ha dejado en el aire?

—Claro —responde el doctor, que se acaricia una inexistente barba para ganar unos segundos—. A diferencia de lo que predicen las leyes de la física clásica, gracias a las observaciones descubrimos una expansión acelerada del universo y que las galaxias giran más rápido de lo que podríamos predecir. Por tanto, tiene que haber algo más ahí fuera que propicie este comportamiento. Con este simple razonamiento se deduce la existencia de la materia oscura y de la energía oscura.

»Una de las preguntas más intrigantes que se hacen los cosmólogos es por qué todo lo que conocemos está dominado por la materia y no por la antimateria si, de acuerdo con sus predicciones, tras el big bang se generó la misma cantidad de ambas. Pero esto no es así. De hecho, si este fuera el caso el universo no existiría, porque la atracción entre la materia y la antimateria sería tal que solo habría radiación. Este es otro de los grandes misterios de la ciencia.

»Por último, no sabemos prácticamente nada de lo que sucedió a nanosegundos del inicio de la explosión que dio origen a nuestro universo. Ahí las teorías fallan, y es preciso recurrir a las leyes de la mecánica cuántica. Lo que muchos científicos perseguimos es la unión de la mecánica cuántica y de la relatividad general en una sola teoría, la denominada «teoría cuántica de la gravedad». Hasta la fecha la mejor candidata es la «teoría de cuerdas».

—Entonces... —prosigue el presentador con un exagerado aire reflexivo— cree que con el nuevo ILC de Japón se encontrarán nuevas partículas con las que podremos desentrañar el misterio de la materia oscura y formular una nueva teoría unificadora.

—Es una posibilidad que vale la pena explorar, pero estas nuevas partículas son muy difíciles de observar. Son muy masivas y son necesarias colisiones extremadamente violentas para poder generarlas. Este nuevo colisionador conseguirá más velocidad, más fuerza y mayores colisiones. Por ejemplo, las ondas gravitacionales predichas por Albert Einstein en 1916 se observaron por primera vez en 2016, un siglo después, gracias a la colisión de dos estrellas de neutrones. Poco después volvieron a ser detectadas gracias a la explosión de supernovas. Como ve, solo se producen como consecuencia de eventos cósmicos muy violentos.

»Le pondré otro ejemplo: hoy en día no sabemos con seguridad de dónde provienen los elementos pesados que hay en la Tierra, como el platino o el oro. Comprender cómo se formaron estos elementos es uno de los grandes retos de la física nuclear. Para su producción se requiere de tantísima energía que resulta imposible fabricarlos de manera experimental en un laboratorio. Sencillamente, su proceso de fabricación no funciona en la Tierra. De ahí su escasez y su elevado precio. Por eso hemos tenido que usar estrellas y otros objetos cósmicos como laboratorio. Según algunos colegas, el oro, la plata, el plomo o el platino surgieron durante explosiones de estrellas de neutrones en el interior de galaxias enanas, y luego pasaron a formar parte de otras estrellas y asteroides, antes de acabar finalmente en la Tierra. De ahí la famosa frase de Carl Sagan, «somos polvo de estrellas».

2021
(Seis años antes)

IAN BLOM

El ojo de la bestia
Ginebra, 4 de febrero, 8.00

11

Ian se despierta desorientado. Le envuelve la oscuridad y por un instante cree estar todavía en París y no en Ginebra. Se encuentra acurrucado en un lado de la cama, en el suyo, pese a ser esta bastante amplia si se compara con la pequeñez del resto del apartamento. Como dando otra oportunidad a Schrödinger, sin abrir los ojos tantea el otro lado para confirmar que no está junto a Corina. Solo encuentra el libro que le ha acompañado la noche anterior.

Apaga el despertador y comprueba que faltan cuatro minutos para que suene la alarma. Nunca llega a sonar, siempre se despierta unos minutos antes. Es como si tuviese un reloj biológico que se activa en cuanto programa el despertador.

Ian se mete en la ducha y va girando el grifo del agua fría hasta que solo puede mantener la cabeza bajo el chorro helado. Cuenta hasta diez antes de sacarla. Se prepara el vaso de cuarenta centilitros de leche de almendras y la cucharada de aceite de oliva con sus dos gotas de limón.

No le duele la cabeza y se encuentra con ánimo. Al otro lado de la ventana parece que el amanecer intente darle energía. El cielo está despejado y rojizo con las primeras luces. Se cuelga la acreditación del cuello y se dirige a la parada del tranvía que llega hasta el CERN. Hoy es un gran día; hoy contemplará con sus propios ojos las entrañas de la bestia. Está ansioso.

Hay más personas en la parada, tantas como minutos quedan para que pase el convoy. Doce, en concreto. Su «amigo» el encapuchado aparece cuando quedan dos minutos y se queda en el otro extremo de la parada. Lo ve enfundarse la capucha y refugiarse en la tableta. Cuando llega el tranvía, Ian espera a que suban los demás antes de hacerlo él. Casi todos los asientos están ocupados, así que se queda de pie.

En un tramo despejado puede ver la esfera completa del sol a solo unos metros de la línea del horizonte. Disfruta de su cálida caricia y del paisaje hasta que el tren alcanza su parada.

En esta ocasión bajan seis pasajeros en el CERN, entre ellos su compañero y vecino Javier, el encapuchado. El cielo está despejado, salvo por un grupo aislado de nubes situadas justo sobre el recinto, gruesas y amenazadoras. Los rayos del sol provocan un extraño resplandor al reflejarse en su interior. No parece que vaya a llover; todo apunta a que los nubarrones no tardarán en disiparse.

Ian se dirige directamente al edificio que da acceso al detector CMS. La fachada es un sólido rectángulo de color ocre. Junto a la entrada destacan dos enormes tuberías blancas que van desde el suelo hasta el techo y que empequeñecen la estrecha escalera de incendios que zigzaguea entre ellas. Fuera hay dos grupos de llamativos contenedores de color butano. En la parte superior, escrito en blanco sobre azul, puede leerse «compact muon solenoid»; de ahí el nombre de CMS. Es el segundo experimento más grande del Gran Colisionador de Hadrones, solo por detrás del ATLAS.

Ian entra en el edificio con la identificación. Le recibe un trabajador latino; le delata su inconfundible acento. Se presenta como Demis y le pide que le acompañe. Atraviesan la sala de control del detector y llegan a una pequeña estancia con taquillas a ambos lados. Las puertas de estas son transparentes y se ven cascos y efectos personales en su interior. Para identificarlas han usado los elementos de la tabla periódica en vez de números. Así es el CERN. Allí están los mismos cinco compañeros asignados a los detectores que vio en la reunión de presentación. Se saludan con un apretón de manos mientras dicen sus nombres. A él le asignan la taquilla NI, la correspondiente al níquel. Deja sus cosas en el interior y todos salen tras el guía. Cruzan un estrecho pasillo y se detienen frente a dos contenedores repletos de cascos xerografiados con la palabra «visitantes» y el logo del CERN.

—Ahorita cada uno de ustedes cogerá un casco y se lo colocará para poder continuar. —El guía los lleva hasta un ascensor—. Solo pueden bajar de dos en dos y recuerden que, en caso de emergencia, este es el único lugar del mundo en que sí deben usar el ascensor.

El guía se ríe solo mientras se cierra la puerta y bajan dos compañeros. Ian está demasiado ansioso para prestar atención a chistes malos. Carlo, el compañero alto y huesudo, es el que entra con él en el ascensor.

—¿Es tu primera vez? —pregunta Carlo justo cuando suena la campana que precede a la apertura de puerta.

Ian asiente ya dentro de la cabina. El ascensor comienza a bajar y siente en el estómago lo mismo que en el momento en que el vagón de una montaña rusa inicia el descenso de la rampa con mayor pendiente. No es vértigo, es pura emoción. Descienden unos cien metros en silencio.

El guía latino y los otros compañeros les esperan abajo. Un túnel austero de hierro y hormigón les conduce hasta la gran sala del detector. El primer impacto visual es contundente. En el centro hay una máquina enorme. Grandiosa. Ian se siente inmerso en una película de ciencia ficción. Tiene ante sí la máquina más compleja y precisa jamás construida por el hombre.

Hay un ruido de fondo constante y varios operarios con monos azules y cascos blancos trabajando.

—Ahora mismito nos encontramos en la caverna de Cessy, Francia, justo donde se aloja uno de los dos orgullos del CERN. No está en funcionamiento, como es evidente; si lo estuviera, los elevados niveles de radiación nos impedirían estar aquí. En la construcción del detector CMS han colaborado unas dos mil seiscientas personas procedentes de ciento ochenta institutos científicos diferentes. Su forma cilíndrica tiene veintiún metros de largo por dieciséis de diámetro y pesa unas doce mil quinientas toneladas, más que la torre Eiffel. Por el centro pasa el conducto del acelerador, y en este punto se producen las colisiones de partículas para que el CMS pueda medir con sus sistemas la energía y la cantidad de movimiento de los fotones, electrones, muones y otras partículas producidas a causa de dichas colisiones. —El latino hace una pausa forzada y los recorre con la mirada. Sonríe—. Disculpen por la charla, es lo que acostumbro a hacer con las visitas. En el caso de ustedes todo lo que les estoy diciendo lo saben mejor que yo. Ustedes son los especialistas. Así que no les molesto y les dejo echar un vistazo no más.

Ian hace rato que no le escucha. Está concentrado en el enorme detector cilíndrico que en ese momento está abierto. Las diferentes capas que lo componen hacen que parezca una cebolla partida por la mitad. La sección se asemeja al ojo de un robot ampliado cien mil veces. Un ojo que le observa fijamente, analizando y almacenándolo todo. Su tamaño impresiona. Hay un operario sobre una grúa extensible trabajando en lo que sería el mismo iris, y es apenas más grande que una mota de polvo en el ojo. Esa es la región central de colisión; allí los imanes de enfoque del LHC fuerzan a los protones, que giran en sentido opuesto, a colisionar en el centro del detector. Los protones son tan pequeños que la probabilidad de que choquen es muy reducida. Por ello los haces de protones se distribuyen en «paquetes», con unos cien mil millones de protones formando cada paquete. Cuando dos protones colisionan a esas energías se desgarran, y el intercambio de materia y energía implica la formación de partículas inexistentes en el mundo cotidiano. Se estima que solo cien de cada mil millones de colisiones producirán eventos «interesantes» desde el punto de vista físico.

Las nuevas partículas generadas en el CMS son inestables y se desintegran rápidamente en una cascada de otras más ligeras y conocidas. Al atravesar el detector, estas partículas dejan señales que permiten reconocerlas e inferir la presencia de partículas nuevas.

Las diferentes capas se utilizan para recabar la información: una para detectar los electrones y fotones, otra para los protones y neutrones, y la más externa solo para muones. Y es en esta última donde Ian más puede aportar y en la que trabajará durante estos meses. Esta capa exterior que detecta muones es muy compacta; por eso el detector se conoce como Compact Muon Solenoid o CMS.

Pasan unos minutos allí. Ian se separa de sus compañeros y lo disfruta a su manera. No pierde detalle. Su mente absorbe con ansia todo lo que ve. De pronto, nota algo de ajetreo entre los operarios y visitantes. Luego, silencio más allá del incesante zumbido que lo inunda todo. Ian mira a su alrededor. En la entrada hay ahora dos hombres trajeados acompañados por algunos trabajadores y el latino, que parece nervioso. Alza la vista y descubre al doctor Hahn en una terraza superior. Levanta tímidamente la mano, pero el doctor no le devuelve el saludo.

12

Termina la visita y los seis vuelven a las taquillas a por sus objetos personales. Ian Blom usa su llave de níquel para recuperar la cartera y el móvil. Le escuece la cabeza de llevar el casco puesto tanto tiempo. Está deseando llegar a casa para ducharse. Cruza algunas palabras con sus cinco compañeros, que se limitan a comentar la grandiosidad del detector y poco más. Nada transcendental. Son palabras amistosas, pero nadie revela nada sobre su trabajo. Nadie muestra sus cartas. Se despide con un nuevo apretón de manos. En el caso de Carlo, al notar que son nudosas y finas, apenas ejerce presión pues teme que se quiebren como el cristal. Ian todavía no sabe si son realmente amigos o si están en una competición. Nunca se le han dado bien las relaciones sociales. No tiene tacto, o por lo menos eso le decía siempre Corina. «Déjame hablar a mí primero, yo tengo más tacto.»

Sale del edificio y se dirige directamente a la parada del tranvía. Hoy tiene el resto del día libre y piensa aprovecharlo para llenar la nevera y la despensa del piso. Sigue el buen tiempo; las nubes que amenazaban sobre sus cabezas se han disipado casi por completo. Sin embargo, sus planes se truncan con el zumbido de una alerta de mensaje nuevo en el móvil. Se trata de un correo electrónico interno del CERN. «Le espero a las once en mi despacho», firmado por H. H.

Le sorprende que el gran hombre vuelva a contactar con él y que lo haga personalmente. Le sorprende incluso que tenga su correo electrónico. ¿Se tratará de otra charla comprometida? ¿Estará evaluándole? Intentará permanecer alerta para no caer en sus zancadillas verbales.

Queda una hora para la cita y en el campus las distancias entre edificios son considerables, así que apenas dispone de tiempo. Pasea en dirección al despacho del doctor Hahn. Entre los edificios 39 y 40 hace una pausa para contemplar la llamativa estatua de una mujer con cuatro brazos dentro de un círculo. En la mano superior derecha sostiene un tambor. Le resulta en cierta forma familiar. En la placa grabada al pie de la estatua se puede leer:

Oh, Omnipresente, creador de todas las virtudes, creador de este universo cósmico, rey de los danzantes, que danza el Amanda Tandava al amanecer, te saludo.

Verso 55 del *Sivananda Lahari* de SRI ADI SANKARA

Consulta el móvil para ampliar la información y descubre que se trata de la estatua de Shiva, divinidad del hinduismo, y con ella se representa la creación del universo al principio de cada ciclo cósmico representado a su vez por la danza cósmica de Shiva. Según se especifica, en 2004 India regaló al CERN esta estatua de bronce para conmemorar su larga colaboración, que comenzó en la década de los sesenta y que continúa hasta nuestros días, puesto que ahora India es uno de los miembros asociados del CERN.

La estatua le resulta curiosa y desafiante. ¿Qué figura podría crear más controversia que la de un dios en el mayor laboratorio de física del mundo?

Al tratar de saciar su irrefrenable curiosidad se le ha ido el santo al cielo. Consulta la hora y, aunque hay tiempo, se apresura hasta su destino. Entra en la sala de espera de los despachos cuando todavía faltan veinte minutos para las once. Se sienta en el mismo sitio que la mujer que ayer se interesó por el doctor Hahn. Por suerte hoy no está. No hay nadie, ni siquiera la recepcionista. A los pocos minutos le parece oír un ruido. Se pone en pie y, usando su tarjeta de identificación, accede al pasillo de los despachos. Alguien acaba de salir de uno de ellos. No es el doctor, eso está claro. La forma de moverse es la de un joven. El individuo, al percatarse de su presencia, se detiene un momento y luego camina hacia él. Es Javier Gil, el encapuchado. Lleva la misma sudadera oscura, aunque la capucha ahora reposa sobre su espalda. Cruzan las miradas durante un instante antes de que pase de largo, como hizo en el tranvía. Ian lleva solo dos días en el CERN y ya se han cruzado cuatro veces. Sus caminos parecen querer entrelazarse.

El despacho del doctor Hahn es el último del pasillo. Y aseguraría que Javier ha salido de él, pues desde la mitad del corredor hasta el final ya no hay más. ¿Lo habrá citado también el doctor? Lo más lógico es que esté hablando con todos los que acaban de incorporarse al proyecto, y no solo con él. No es tan especial como pensaba.

Golpea tres veces la puerta. No responde nadie. Insiste, pero sigue sin haber respuesta. Revisa el correo electrónico en el teléfono para confirmar la hora. Faltan todavía cuatro minutos, quizá esa sea la razón. Espera allí mismo. A la hora en punto vuelve a golpear la puerta y tampoco obtiene respuesta. Espera tres minutos más e insiste por cuarta vez. Hubiera jurado que el doctor Hahn, al igual que él, es un fanático de la puntualidad.

—¡Adelante! —se oye al otro lado de la puerta. Ian entra con cierta cautela—. Siéntese, joven. Ruego que disculpe el retraso, pero he tenido que atender a unas personas poco gratas.

¿Se referirá al encapuchado o a los hombres trajeados que ha visto en el detector CMS? Ian se sienta y le disculpa.

—Han sido solo tres minutos.

—Como usted y yo sabemos, eso puede ser una eternidad. —Sonríen. Parece que hoy está de mucho mejor humor—. ¿Ha visto a esas dos sabandijas engreídas en el detector CMS? —Ian asiente—. Esos palurdos que solo saben caer en vertical se supone que tienen que evaluar la seguridad del LHC. No están capacitados ni para proyectar sombra y tienen en sus manos el destino de esta institución, ¿puede creerlo? —Ian se encoge de hombros—. Los últimos fallos en el colisionador que propiciaron este secuestro de dos años han supuesto innumerables retrasos y costes. Las mejoras que hemos aplicado durante ese tiempo de inactividad han triplicado las inversiones presupuestadas. La prensa sensacionalista se ha convertido en un altavoz para las voces críticas. Yo diría que están conchabados con algunos gobiernos que solo buscan una excusa para paralizar el proyecto y dejar de suministrar fondos. Todo esto es una gran pantomima... ¡Ah! Y por otro lado tenemos a los conspiranoicos inundando sus blogs y las redes sociales con sus disparates. Por desgracia, últimamente su mensaje ha calado en una parte de la población, que ahora nos tiene miedo. ¿Puede creérselo? Son tiempos difíciles.

El doctor hace una pausa. Se pone en pie y se dirige a un lateral del despacho. Esa zona es un auténtico laboratorio.

—¿Comprende que no podemos cometer ni un solo error? Creo que estamos cerca de demostrar algo grande y el más mínimo fallo podría noquearnos. Perdone la expresión. Odio el boxeo. —El doctor se gira y parece sorprenderse—. Pero ¿qué hace ahí sentado aún? Venga aquí, joven. —Ian se levanta y se acerca. Por el momento prefiere guardar silencio; no quisiera meter la pata—. ¿Puedo confiar en usted, joven artista? —Ian asiente, aunque el doctor pasea por el laboratorio dándole la espalda—. ¿Cómo puedo estar seguro de que su arte no es falso o mediocre? —vuelve a preguntar. Le señala varios componentes que hay dispuestos sobre una hilera de peanas—. ¿Qué ve ahí?

Ian se acerca y los observa con atención.

—Son miniaturas de ciertos elementos de los dos grandes detectores del LHC.

—¿Puede concretar más? ¿Qué le dice la intuición?

Ian vuelve a estudiarlos.

—Creo que son piezas dañadas y réplicas a escala de los fallos que ha habido en el LHC durante los últimos años, ordenados por la fecha en que ocurrió el incidente.

»Por ejemplo, supongo que estas de aquí son las válvulas encargadas de aliviar los mecanismos que se ocupan de que el sistema aguante bien las enormes fuerzas mecánicas a las que se somete al LHC. Y esta —prosigue señalando una en concreto—, la que en el primer sobrecalentamiento no terminó de actuar bien y explotó, provocando además que se moviera el tubo del acelerador.

—Así es. Arreglar una válvula es una tarea sencilla, pero hubo que rediseñar el sistema de válvulas y eso llevó más trabajo. —El doctor le mira fijamente—. ¿Comprende que el año 2021 no puede ocupar un lugar en este museo de los errores? Al menos no antes de que tengamos almacenados los datos de las colisiones.

—Lo comprendo.

—Tampoco podemos permitirnos que las mediciones no sean exquisitamente precisas. La más ligera desviación y el trabajo de estos dos últimos años no habría valido para nada... ¿Está seguro de las ideas que propone?

—Completamente, señor... Digo, doctor.

A Ian le cuesta expulsar las palabras, como si un nudo en la garganta les impidiera salir.

—¿Podrá ponerlas en práctica y someterlas a prueba en los escasos meses que quedan para la puesta en marcha del acelerador?

—Para eso estoy aquí.

—Es usted un joven muy osado para carecer de experiencia. La genialidad es lo único que puede suplir la experiencia. ¿Es usted un genio? —Ian no responde. No se le ocurre una respuesta adecuada—. Muy bien. En sus manos dejo la calibración y la puesta a punto del detector CMS. Tres de sus nuevos compañeros pasan a estar bajo su mando. Mañana mismo empezarán a trabajar en la implementación de las ideas de su tesis.

—Pero...

—Eso es todo, joven. Puede retirarse.

Ian obedece sin mencionar el sinfín de incertidumbres que le asaltan. Antes de salir, el doctor habla una última vez.

—Dentro de cuarenta minutos hay una recepción en

la Sala de Control. Le veo muy flaco, pase por allí a tomar algo y de paso conozca al contrincante. La comida es gratis.

13

Ian se dirige a la Sala de Control como en una nube. ¿Jefe de equipo? No puede creerlo. El mismísimo doctor Hahn se ha interesado por su trabajo y ha puesto bajo su mando a compañeros con mucha más experiencia y cualificación. Ni en el mejor de sus sueños podría haber previsto que algo así sucediera tan rápido. Dos meses es poco tiempo, pero será suficiente si empiezan a trabajar desde ya, como ha ordenado el doctor. Sin darse cuenta, se encuentra frente a un gran edificio pintado de franjas blancas y grises solo rotas por largos y estrechos ventanales verticales. Una de sus caras se encuentra cubierta por un gran panel azul que incluye el logo del CERN y una frase más discreta, «cern control centre», que le confirma que ese es su destino.

Cruza las primeras puertas automáticas de la esclusa de seguridad y espera hasta que se cierran a su espalda. Luego, necesita usar de nuevo la identificación en un pequeño lector para que se desbloqueen las siguientes. Ni siquiera sabía que tenía acceso a aquel edificio. En la misma entrada le llama la atención un panel de metacrilato blanco sobre el que están representados en forma de elipses superpuestas todos los aceleradores del CERN. La cadena de aceleradores del CERN está compuesta por varios de ellos. El LHC es el último y a él llegan solo algunos protones; la mayoría se quedan por el camino. Las partículas, según refleja el esquema, son inyectadas en un acelerador lineal o Linac, que actúa sobre las que posean carga eléctrica, como los electrones, los positrones, los protones o los iones. La aceleración se produce por incrementos, al atravesar las partículas una secuencia de campos eléctricos alternos. De ahí pasan al preacelerador o *booster*, después al PS, el sincrotón de protones, fabricado en 1959, y luego al SPS, el supersincrotón de protones, el segundo gran acelerador del CERN, fabricado en los años setenta y con siete kilómetros de longitud; este último, como el LHC, ya se encuentra bajo tierra. Solo cuando alcanzan toda la energía posible en el SPS se inyectan en el LHC, donde los protones se aceleran al máximo y se hacen colisionar en los cuatro puntos en los que están situados los detectores CMS, ATLAS, ALICE y LHcb.

Mientras analiza el esquema, alguien le toca el hombro.

—¿Qué tal, Ian?

—¡Ah! Hola.

Es el compañero larguirucho y desgarbado con el que ha bajado en el ascensor. No añade su nombre en el saludo porque ahora no lo recuerda. Solo se acuerda de que tenía la taquilla Cromo, como para dotar de dureza y brillo a su trabajo. Afirman que tiene una memoria prodigiosa, pero los nombres no son su fuerte.

—Es increíble que el viejo PS todavía esté en funcionamiento, ¿verdad? —dice el compañero señalando la elipse que lo identifica en el esquema.

—Sí que lo es. Y mucho.

—¿Qué has sentido al mirar a la bestia a los ojos por primera vez?

—Ha sido impresionante. Llevaba años deseando visitar en persona las instalaciones.

Le da una suave palmada en la espalda y sonríe.

—Vayamos adentro.

Esta vez es el compañero el que pasa su identificación por el lector y entran en la sala principal del edificio, la Sala de Control. Ian le sigue. Hay unas cuarenta personas que ríen y charlan de forma distendida. Es muy amplia y pueden distinguirse cuatro espacios de trabajo aislados. Cada isla es una semicircunferencia compuesta de varios bancos de trabajo compactos con dos niveles de monitores. En el centro de la sala, en la parte superior de la pared, también hay dos hileras de monitores más grandes, de unas sesenta pulgadas.

Cromo se encamina directamente a esa parte central de la sala, donde hay dos mesas provisionales con aperitivos y bebidas. Pide dos cervezas sin preguntarle. Ian no toma cerveza, así que la acepta solo para pasearla por la sala mientras busca el modo de librarse de ella de forma discreta.

—En el pasado cada acelerador del CERN tenía su propia sala de control, pero al proyectarse el LHC se ideó también esta sala de control común para poder monitorizar todos los experimentos desde un único sitio. Mucho más eficiente, ¿no crees?

Ian no contesta. Es algo que ya sabía, pero le deja ejercer su papel de guía. Quizá se lo haya pedido el doctor Herman Hahn.

Va llegando más gente.

—Cada isla —prosigue señalando los cuatro espacios de trabajo— controla un acelerador de la cadena.

Se acercan a la zona desde donde se controla el LHC. Sillas vacías frente a los monitores. En las mesas hay teclados y objetos personales algo frikis. En un lateral hay un cuadro con distintos mandos y un micrófono. También un llamativo panel de accesos. Y el inconfundible botón de emergencia.

—Desde aquí se controla el acceso a los túneles —explica Carlo simulando usar un micrófono. Acaba de recordar el nombre. Cromo no es un mal apodo, también empieza por «c» y acaba en «o», y es mucho más descriptivo.

Los monitores de esa zona están en funcionamiento y muestran imágenes del detector CMS. Se ve la misma sala donde han estado hace unas pocas horas. Sigue habiendo personal trabajando. En el resto de los monitores se ven los interminables túneles atravesados por un grueso tubo de color azul. En el techo y los laterales hay rieles metálicos, seguramente destinados al montaje o a las labores de mantenimiento. Todos solitarios.

—¿Volvemos a la fiesta?

Ian da un respingo. Estaba concentrado en las imágenes. Asiente y se lleva la cerveza a los labios solo para humedecérselos. Ahora se detienen bajo las pantallas principales. Allí, a la altura de la cabeza, hay una repisa llena de botellas.

—Todo eso son botellas de champán. Cada una fue descorchada para celebrar algún éxito conseguido aquí, en el CERN. Esta —explica Carlo señalando una en concreto— es por el descubrimiento del bosón de Higgs en 2012. Esperemos que haya hueco para 2021.

Siguen bordeando la sala pegados a la pared. Ya empiezan a formarse corros de gente claramente definidos.

—Allí está la prensa. —Carlo señala un grupo variopinto. Y añade a modo de confidencia—: Confiemos en que esta vez se pongan de nuestra parte. —Avanzan unos pasos entre el gentío; ya cuesta moverse con libertad—. Allí están los mandamases del CERN. —Ian distingue entre ellos al doctor Hahn, al que mira fijamente durante unos segundos buscando establecer contacto visual. Si se ha percatado de su presencia, no lo demuestra—. Y allí —continúa Carlo, bajando la voz— los de control de seguridad. El comité encargado de evaluar los riesgos del LHC y de determinar si su funcionamiento puede producir alguna catástrofe.

—El contrincante.

—¿El contrincante?

—Eso dijo el doctor Hahn.

Ian espera que el doctor se refiriera a ellos y no al compañero con quien habla. No cree que su puesto esté en juego.

—Sí, seguramente sean el enemigo. Fíjate en lo bien que los tratan las azafatas y en cómo el aburrido señor Waas les hace la pelota.

14

Ian Blom regresa en tranvía al apartamento. Aún es temprano y tendrá tiempo de hacer algunas compras. El día ha sido interesante, muy interesante. Se lamenta de no tener a nadie con quien compartirlo. Corina, su novia, ya no está. Es lo más cercano a un familiar que ha tenido nunca. Su madre falleció cuando él tenía dos años y no le dio hermanos. Su padre, el importante y atareado hombre de negocios Phil Blom, le ha criado a fuerza de talonarios. Buenos colegios, buenas academias, mejores universidades. Dinero sin cariño. Después del último traslado, consecuencia de su importante trabajo en la gestión de transatlánticos, Ian se deshizo de los nuevos datos de contacto que le facilitó su padre en un whatsapp de despedida poco antes de marcharse. Dirección, número de móvil, correo electrónico... Su frase favorita era «Nuevo destino, nueva vida». Y lo cumplía. Incluso cambiaba de pareja. La teoría de Ian es que modificaba todas sus señas precisamente para que sus queridas no pudiesen encontrarlo. Ahora él tampoco podría contactar con su padre aunque quisiese. Unos meses después fue él quien se mudó a París con Corina, y desde entonces no han tenido ningún contacto. Tampoco le preocupa demasiado; a fin de cuentas, ha estado incomunicado toda su vida. Incomunicado y solo. Centrarse en los estudios es lo que le ha permitido sobrevivir y llegar hasta donde está. Así que se dice que no necesita compartir sus éxitos con nadie.

Entra en una tienda. La descarta rápidamente al comprobar que no hay orden en las estanterías, que mezclan sin pudor pasta con productos de limpieza. El siguiente supermercado tiene un aspecto más estructurado. Lo recorre entero antes de introducir un solo producto en la cesta, que pasea como un cachorrito. Todo parece limpio y correctamente dispuesto. Es muy probable que acabe convirtiéndose en su tienda habitual. Le gusta ir a tiro fijo. Compra un pack de leche de almendras, cuatro limones y utensilios de cocina y de limpieza. Aparece ante su vista el champán y decide seguir la tradición del CERN; descorchará una botella de champán por cada uno de sus éxitos. Aunque sea a solas. «Este es solo el primero de una larga lista», se dice con una sonrisa.

Entra en su estudio y ordena la compra. En un espacio tan reducido cada hueco cuenta. Enciende el televisor sin voz en la habitación comedor. Se ducha, se prepara algo para cenar y se sienta en la cama. Se pelea con una botella de champán hasta que consigue abrirla. El tapón impacta directamente en la lámpara, que se queja con un rápido parpadeo y vuelve a quedar encendida. No está mal para ser la primera vez que descorcha una. Se sirve una copa para acompañar la cena. No es nada del otro mundo, pero lo disfruta.

Busca sus notas. Hoy tiene previsto trabajar en su sistema de calibrado del detector CMS. Lo primero es definir las líneas maestras que ha de seguir y repartir el trabajo con sus tres compañeros. Esto le preocupa; desconfía del trabajo ajeno y se obliga a revisarlo todo personalmente. También tiene que pensar cómo testar el detector una vez que hayan implementado su idea. Apaga el televisor sin molestarse en zapear y se pone manos a la obra. El trabajo requiere toda su atención. Sumergirse en él es la única forma de evadirse y relajarse; ni siquiera se ha acordado del frasco con la nota de Corina. Solo lo hace ahora, al brindar con él con la nueva copa de champán que se acaba de servir.

Pasan las horas. Dos botellas de champán están abiertas e Ian, tumbado con una respiración monótona y literalmente sepultado bajo una pila de papeles y libros que también cubren la cama. Sus ojos no llegan a estar cerrados del todo, pero solo pueden ver el sueño que anida en su mente. Corre por un túnel estrecho y oscuro, débilmente iluminado por una luz azul. Juraría que no tiene salida y que ya ha dado varias vueltas en círculo, pero de pronto se vislumbra el final, que se ramifica en muchas salidas. Es absurdo, pero algo en la mente le dice que todas son la misma. Tiene que decantarse por una y tiene que hacerlo ya. De pronto, todo empieza a difuminarse y ondularse.

Un fuerte ruido lo saca de la ensoñación. Se incorpora sobresaltado y con un dolor agudo en las sienes. ¿Por qué hay gente que ve claramente su camino y él se pierde en laberintos cerebrales para llegar maltrecho al mismo final?

Ha sido el tarro de cristal. Está en el suelo, roto. Los cristales y las limaduras de hierro se esparcen a su alrededor. Quizá lo puso demasiado cerca del borde y juraría que ha sentido un ligero temblor de tierra mientras dormitaba, aunque lo más probable es que el supuesto seísmo no sea más que parte del sueño o fruto del ligero mareo que siente a causa del alcohol. Abre el cajón del escritorio y usa el imán para recoger en un segundo todas las limaduras de hierro, que corren ansiosas hacia él. Luego, va a la cocina en busca de la escoba para retirar los cristales. Se detiene a medio camino al percatarse de algo. No ha visto la nota.

Barre el suelo y, en efecto, no está. Busca por los rincones y debajo de la cama y del escritorio. También en el cajón del pupitre. Ni rastro de ella. ¿Cómo es posible? Estaba allí y decía, decía... «entrelazados»... ¿Qué decía exactamente? Le cuesta recordarlo. A él no se le olvidan las cosas, salvo el nombre de las personas poco interesantes, y menos aún el contenido de esa nota, que tenía grabado a fuego en la memoria pese a sus vanos intentos de olvidarlo. ¿Lo habrá conseguido por fin? Abre el cajón para dejar el imán y roza el joyero que contiene el anillo de compromiso. Lo coloca sobre el pupitre. Tarda unos segundos en decidirse a abrirlo. Está vacío. ¿Cómo es posible? Era un diamante caro, pero no tanto para robarlo.

Se levanta.

Nota una corriente de aire que se cuela por la ventana del cuarto y está casi seguro de que la dejó bien cerrada la pasada noche. No la ha vuelto a abrir.

Oye un nuevo ruido. Es la puerta de la entrada. Corre con sigilo y pega un ojo a la mirilla. Tiene el tiempo justo de ver al compañero encapuchado salir de su apartamento. Otra vez el encapuchado. Algo pasa. Tantas coincidencias simplemente no ocurren. ¿Le habrá robado él? Se viste deprisa con un chándal y sale a la calle. Mira a ambos extremos de la avenida. Javier Gil está a punto de doblar una esquina. Lo sigue. Las calles se encuentran por completo desiertas. El cielo está despejado y la luna lo ilumina todo con un halo fantasmal. Si no anda con cuidado le descubrirá. Se ha dejado el móvil y no sabe qué hora es, aunque por la posición de la luna en el cielo en esa estación deben de ser alrededor de las once de la noche. Hubo un tiempo en que se aficionó a la astronomía.

Javier se ha puesto la capucha. Eso juega en su favor; tendrá menos visión lateral para descubrir a su perseguidor. A esas horas de la noche la conducta de Javier resulta sospechosa. Pero... sospechosa ¿de qué? ¿De haberle robado un anillo y de disponerse a venderlo en el mercado negro como si se tratase de un rubí de valor incalculable? Según transcurren los minutos, Ian se va dando cuenta de que lo que está haciendo no tiene sentido. Ha sido el pronto inicial. ¿Qué piensa decirle? ¿Qué espera descubrir? Justo antes de abandonar la inútil persecución, lo ve entrar en un local llamado Infinitum, uno de los pocos que siguen abiertos tan tarde en el tranquilo barrio residencial.

Entra. Se trata de una tasca. El ambiente es espeso y los colores apagados lo impregnan todo, como si allí dentro alguien hubiese activado un filtro de cine en el que resaltan los tonos verdes. Le escuecen los ojos y empieza a dolerle la cabeza. Por fortuna, hay diecisiete clientes, los suficientes para poder pasar inadvertido.

El encapuchado se sienta a una mesa al fondo del local. Ian se coloca en la barra de la entrada, entre dos clientes. Con un leve movimiento puede espiar a su compañero Javier. De momento está solo, aunque parece buscar o esperar a alguien. Lo ve cruzar unas palabras con un camarero y sigue esperando un buen rato.

—¿Qué va a tomar, amigo? —pregunta el camarero de la barra tocándole el hombro.

Ian se sobresalta. Es la segunda vez que alguien le toca sin su permiso.

—¿Se encuentra bien?

—Perfectamente. Póngame un whisky doble.

El camarero le mira de arriba abajo antes de confirmar su petición.

—Marchando un whisky doble.

¿Por qué ha pedido eso? El camarero, aunque le fastidie, ha acertado al sorprenderse. Él no suele beber y esa noche ya ha tomado champán sin cuidado. Agradece no haberse tomado también la cerveza en la recepción. Quizá el escozor y el dolor de cabeza sean consecuencia del alcohol.

Cuando mira de nuevo, el encapuchado no está solo. Hay una mujer con él.

—Joder —murmura volviéndose hacia la barra.

Es la misma mujer que le abordó en la sala de espera del laboratorio del doctor Hahn. Está casi seguro. Mira discretamente cada treinta segundos.

—Aquí lo tiene.

Ian coge el vaso de whisky y hace girar los cubitos de hielo. Es ella, está seguro. ¿Qué relación pueden tener? Simula beber dando sorbos muy pequeños. Cada vez que se vuelve hacia la barra se encuentra con la mirada del camarero, que parece reprocharle que el líquido del vaso apenas disminuya. No le gusta su sonrisita de «yo tenía razón».

De pronto, el encapuchado deja algo sobre la mesa. La mujer lo oculta con la mano y se adueña de ello arrastrándolo por la mesa. Tiene la impresión de que se trata de una memoria USB y una nota. ¿La nota de Corina? ¿Por qué iba a entregarle a aquella mujer la nota de Corina? Debe de ser el alcohol lo que le hace desvariar e imaginarse complots.

Da dos pequeños sorbos más. La bebida está muy fuerte y no quiere más. Se siente mareado y confuso. El hombre que está a la izquierda se marcha despidiéndose del camarero con un lacónico «nos vemos». Ya no impide que puedan verle desde la mesa de Javier y que puedan descubrirle fácilmente. Su misión de esa noche ha terminado, pero no quiere dejarse tres cuartos de la bebida y quedar como un niñato ante el camarero. Es algo que no tiene importancia, pero se obsesiona con eso. Se lleva el vaso a la boca y, cuando el camarero se gira para atender a otro cliente, lo vacía en la bebida del hombre que acaba de marcharse. Ahora ya puede irse. Se toca los bolsillos y nota el chándal. «Mierda.» No tiene la cartera, ni el dinero ni el móvil. Será idiota. Al levantar la mirada se vuelve a topar con la del camarero. Le sudan las manos. ¿Qué puede hacer? ¿Salir corriendo? Ese no es su estilo. Solo se le ocurre decirle que volverá dentro de unos minutos, le puede dejar de garantía... No tiene nada que dejarle.

—¿Qué es más pequeño que un átomo y más grande que el universo? —le espeta el compañero de la derecha con una voz ebria.

Ian lo ignora. Está pensando qué decirle al camarero. El encapuchado y la mujer, a juzgar por sus gestos, parecen mantener ahora una conversación animada. Alguien le toca el hombro por tercera vez. Ian se gira y casi pierde los nervios.

—¿Lo sabe, amigo? Más pequeño que un átomo y más grande que el universo.

Al decir «universo», el borracho emite un «fiuuu» con la boca, un medio silbido que le salpica de saliva la cara. Ian clava su mirada en él con expresión de ira contenida. Tiene ganas de liberar su tensión golpeando el rostro de aquel viejo harapiento. El hombre se lo toma como una muestra de interés.

—Piénselo bien, amigo, antes de responder.

El camarero pasa cerca.

—¿Cuánto es la copa? —pregunta Ian. Pugna por mantener la voz serena.

Todavía no sabe qué responderá en cuanto le diga el precio, pero lo que tiene claro es que no quiere estar allí ni un segundo más. El barman, señalando la mesa del encapuchado, responde:

—Ya está pagado. Cortesía de la mujer del fondo.

Al desviar la mirada hacia ella, esta le saluda llevándose la mano a la frente, como un maldito saludo militar. «Joder.» Seguramente su chándal y sus reiteradas miradas indiscretas le hagan destacar. Se siente idiota. No devuelve el saludo. Se levanta y se marcha con el orgullo herido. Mientras se va, el borracho insiste en su cantinela.

—Piénselo bien, amigo, yo estaré aquí mañana, pasado mañana y al otro... ¿Usted puede decir lo mismo?

HERMAN HAHN

La manzana del saber
Ginebra, 4 de febrero, 11.15

15

Herman mira fijamente al joven Ian Blom. Hoy parece mucho más seguro de sí mismo y no ha dudado al reconocer los fallos del LHC.

—Es usted un joven muy osado para carecer de experiencia. La genialidad es lo único que puede suplir la experiencia. ¿Es usted un genio? —Ian no responde. El doctor interpreta el silencio como una respuesta inteligente. Esperaba que picase para lanzarle un nuevo derechazo—. Muy bien. Dejo el proyecto en sus manos. Los nuevos compañeros pasan a estar bajo sus órdenes. Empezarán a trabajar mañana mismo.

—Pero...

—Eso es todo, joven. Puede retirarse. —Ian obedece y se encamina a la puerta. Antes de salir, el doctor habla de nuevo—: Hay una recepción con comida gratis en la Sala de Control dentro de cuarenta minutos. Le veo muy flaco, pase a tomar algo y de paso conozca al contrincante.

Ian sale del despacho. El doctor está satisfecho con la conversación. Es una apuesta arriesgada, pero cree que el joven tiene potencial y siempre es necesaria savia nueva.

Pocos minutos después, Herman apaga el ordenador y abandona el despacho hacia la Sala de Control, a la recepción a la que ha invitado al joven Ian. Hace rato que ha empezado y está muy concurrida. Su intención es estar el menor tiempo posible. Se aproxima al lugar donde siempre se reúnen sus compañeros. Larry Waas y Ron Turner están enzarzados en una de sus habituales discusiones sobre política o deporte. Parecen ligeramente borrachos. Son un mal ejemplo para todos los asistentes. Les amonestaría si estuviese en sus manos.

—Caballeros —saluda con frialdad. No le pagan por ser amable.

—¿Cómo le fue con la mujer del otro día? —pregunta Waas con un guiño y expresión de estúpido consumado.

—¿A qué mujer se refiere? —responde Herman, y aparta la vista para no seguir la conversación.

—Venga, Hahn, lo sabe muy bien.

—«Doctor Hahn», si no le importa.

Piensa que con ese nuevo desplante será suficiente para quitárselo de encima, pero no es tan sencillo.

—¿No va a decírnoslo, doctor Hahn?

—¿Era atractiva? —pregunta Ron, uniéndose a la chanza.

—Ya lo creo que lo era, ¿verdad, doctor?

Conversaciones como aquella son la principal razón por la que odia los eventos sociales. Gente cualificada y medianamente inteligente comportándose como primates para forzar una carcajada, llenar un silencio o, simplemente, ser el centro de atención. Si fuesen sus subordinados los haría callar sin más.

—No he tenido el gusto de verla, señor Turner.

—¡Imposible! Ha venido casi todos los días durante semanas.

Se hace un silencio. Herman no responde; no tiene ganas de continuar.

—¿Por qué odia tanto a las mujeres? —insiste Waas.

—¿Quién ha dicho que odie a las mujeres? Me gusta fijarme más en el intelecto que en el físico. Por eso en ciertas ocasiones su presencia pasa inadvertida para mi persona.

—Muy gracioso, doctor. Pero usted también es un hombre. Díganos, ¿qué es lo primero que piensa cuando ve a una mujer hermosa?

—Veo una tentación. Veo mentes brillantes desperdiciando mucho tiempo por un impulso primitivo. Veo una disminución de la nota media de mis alumnos. Veo carreras truncadas. Veo descubrimientos transcendentales para la especie humana que ya nunca tendrán lugar. Veo un futuro premio Nobel desvanecerse como un protón tras colisionar. Los veo a ustedes dos con esa estúpida sonrisa de colegial en celo.

—¡Doctor! —se queja de nuevo el señor Waas endureciendo las facciones.

—Dígame, señor Waas, ¿cuánto tiempo ha dedicado a esa mujer durante estas últimas semanas? ¿Ha pasado alguna vez por los despachos solo para ver si estaba y saludarla como un completo idiota? ¿A cuántos compañeros ha comentado que hay una mujer atractiva que viene todos los días y les ha hecho perder también el tiempo? Dígame, señor Waas, ¿ha soñado con ella? ¿Ha mojado la cama como un adolescente?

—Doctor, creo que está yendo demasiado lejos.

—Me han preguntado mi opinión y se la estoy ofreciendo. En el cuerpo de una mujer atractiva veo la tentación que impide al hombre morder la manzana del conocimiento. Creo que los escritores bíblicos se confundieron a la hora de plasmar la fábula.

—Muy agudo, doctor. ¿Y qué opina de los niños? ¿Y de la familia? También son un estorbo, una tentación que mina el intelecto e impide progresar en el trabajo.

—Creo que usted sería un buen ejemplo para responder a esa pregunta.

—Maldita sea. No tolero...

—¿Tiene usted hijos, señor Waas? —pregunta, conteniendo la risa, el otro colega, Ron Turner, que parece cambiar de bando.

Waas se pone rojo de ira.

—¿Piensa que si Albert Einstein, Isaac Newton o Nikola Tesla hubiesen estado felizmente casados, con una prole numerosa, habrían dejado tras de sí esos regalos a la humanidad? Lo más probable es que hoy en día este centro, el propio LHC, no existiera si los genios de antaño se hubiesen rendido a los placeres mundanos. El trabajo requiere sacrificio. Entrega total. Como un sacerdote con Dios.

—El ser primitivo y retrógrado es usted. Machista e infame. Sus palabras podrían poner en tela de juicio esta institución si las oyesen los periodistas que han asistido a este acto.

—¿Está seguro? No he sido yo el que ha desnudado a esa mujer con la mirada y ha tenido pensamientos impuros, pese a estar, además, felizmente casado. Dígame, señor Waas, ¿es atractiva su mujer?

Herman nota cómo aprieta los puños. La ira brilla en sus ojos.

—No pienso volver a dirigirle la palabra si no es por imperiosa necesidad laboral.

—Se lo agradezco, señor Waas.

Ron Turner, sin poder contenerse más, suelta una carcajada y es amonestado por Waas.

En ese momento, el doctor distingue a Ian Blom junto a Carlo entre la multitud. El joven Carlo es el más cualificado de los recién incorporados y el favorito de Larry Waas. Lo propuso de jefe de equipo. Ese fue otro motivo de enfrentamiento entre ellos. Es posible que, en parte, Herman se decidiera por Ian para llevarle la contraria. Con todo, espera que el equipo funcione y que no se haya equivocado en su elección. Ian sostiene una cerveza, algo que le extraña. Tras sus charlas había deducido que no bebía.

16

El doctor Hahn entra en su apartamento, un ático de lujo situado cerca del campus. Frío. Funcional. Dispone de los muebles imprescindibles y la mayoría están cubiertos por una fina capa de polvo por la falta de uso. No hay lavadora ni lavavajillas. No hay televisor, pero una pared del dormitorio está ocupada por un gran monitor táctil. Herman entra en la cocina. Hay un microondas, un minifrigorífico integrado y en los armarios poco más que la cubertería necesaria para una persona. Su vida la hace en el CERN y solo pasa por la vivienda un par de días a la semana. Coge una bandeja de plata y dos vasos de cristal altos y anchos. Luego saca de la única vitrina del comedor una botella de whisky de doce años.

Va a la habitación. Deja la bandeja en una mesita auxiliar y, sobre ella, coloca dos billetes de doscientos euros y un exquisito bombón de chocolate y oro de DeLafée. Sentado en la cama, desenrosca la botella de whisky y llena un vaso hasta poco más de la mitad. Lo apoya en la bandeja sobre los billetes. Después se sirve otro, que hace oscilar con un seguro movimiento de mano antes de acercárselo a la nariz, como si de un buen vino se tratase. Se deleita en todos los aromas de la malta; la prominente nariz tiene muchas ventajas. Lo coloca en la bandeja junto al otro y comprueba que contienen la misma dosis. Luego lo separa ligeramente.

Cuelga la ropa en el armario. Se da una ducha rápida y se sienta en el sofá del comedor con un quimono de satén de un color crema uniforme. No enciende la luz.

Llaman a la puerta.

Consulta la hora. Puntualidad suiza. Se levanta y abre.

—Doctor H.

—Mademoiselle Béla.

La joven entra y se dirige directamente a la habitación mientras él cierra la puerta a su espalda. Lleva un vestido negro ajustado. De espalda abierta y con un corte sugerente en un lateral de la falda. Atractivo pero discreto. Elegante. La joven coge el bombón dorado de la bandeja y sonríe con aprobación. Lo saborea haciéndolo pasar de un lado al otro de la boca. El doctor se sienta en un extremo de la cama.

Cuando se termina el bombón, la joven se quita los tacones sin usar las manos. Luego se desabrocha ágilmente la cremallera lateral del vestido y hace que se le deslice con gracilidad por el cuerpo. Salva con un contoneo cada escalón: la cintura, las caderas, las rodillas y los tobillos. El doctor sigue con la mirada los movimientos. La ropa interior, de color rojo oscuro, ajustada, es casi transparente. Al doctor no le gustan los tangas. El cuerpo es perfecto. Cada curva, cada poro de su piel lo es. La sabia naturaleza es, con diferencia, el mejor escultor. Béla estira una pierna y luego la dobla para apoyar el pie en la cama. El doctor centra sus sentidos en las palmas de las manos para hacerle resbalar una de las medias hasta el tobillo. Con suavidad. Casi con veneración. Luego rinde culto a la otra pierna.

La mujer, sin perder el contacto visual, coge la botella de whisky y se tumba en la cama. Se deja caer un hilillo de líquido entre los pechos y el magníficamente torneado vientre. La seda se vuelve más transparente y la suave palidez que oculta despierta con firmeza agresiva. El doctor se incorpora y sigue con la nariz el rastro del alcohol, inhalando la perfecta combinación de aroma a cuerpo y alma. Todo se acelera. Los dos son expertos.

Béla se levanta para reclinarse sobre la mesa auxiliar. Mide sus movimientos para no tirar la bandeja. El doctor se coloca detrás. Con cada envite la mujer gime suavemente. Son gemidos contenidos. Calculados. La última gota de whisky resbala por el pecho y lucha por caer en su vaso.

El doctor acelera el ritmo y la pasión sube. La joven sabe medir las ansias. Acompaña el clímax con un grito entre la ovación y el delirio.

Cuando el doctor coge uno de los dos vasos de whisky y se reincorpora en el extremo de la cama, solo llega a apreciar la silueta de una diosa perdiéndose en el contraluz del cuarto de baño sin volverse. Hace girar la lágrima del alcohol hasta el límite del vidrio mientras oye el agua de la ducha. Se siente sucio.

La mujer sale del aseo vestida y el pelo húmedo le cae lacio dándole un atractivo especial. Coge el otro vaso y el dinero que hay debajo. Brindan y el doctor apenas se moja los labios. Ella se termina la copa en tres sorbos. Ahora le tocaría el bombón, pero en esta ocasión ha invertido el orden.

—Genial, *mon cher docteur* —susurra casi besándole con suavidad la frontera invisible entre donde termina la frente y empieza la calva.

Se marcha.

—*Magnifique*, mademoiselle Béla... Y gracias por venir —añade cuando ya no puede oírle.

El doctor vacía su vaso de whisky en el inodoro. Se ducha de nuevo y se viste. Devuelve la bandeja y la botella a la vitrina del comedor y sale del apartamento.

Han pasado veinticinco minutos desde que llegara la joven. Y se siente sucio por eso. Por ese tiempo perdido.

2027
(Seis años después)

HERMAN HAHN

Materia oscura
Tokio, 5 de marzo, 19.45

17

Suena la sintonía durante unos segundos y el presentador, incansable, repite el eslogan del programa antes de retomar la entrevista.

—Bienvenidos a *Ciencia y vida*, porque la ciencia es vida y vida es ciencia. Doctor Hahn, ¿podría explicarnos brevemente qué es la materia oscura de la que tanto se habla? ¿Y en qué se diferencia de la energía oscura?

—Con gusto le explicaré lo poco que sabemos de ellas.

La materia oscura apareció en el radar de los científicos en los años setenta gracias al trabajo de la astrónoma estadounidense Vera Rubin, que quedó desconcertada al analizar los resultados de sus observaciones de la galaxia de Andrómeda en los laboratorios del Instituto Carnegie, en Washington. La gran espiral de la galaxia tenía una rotación sorprendente; las estrellas de los bordes se movían tan rápido como las del centro, algo que violaba las leyes del movimiento de Newton y que también contradecía la mecánica clásica.

»Esta observación de Rubin fue una sorpresa. Tenía que haber algo más allí, algo que proporcionaba más gravedad y que no podíamos ver. Al supuesto causante de esa gravedad adicional se lo llamó «materia oscura». Se trata, por lo tanto, de un término genérico para designar eso que debe de estar allí, materia, pero que no podemos ver, oscura. Al contrario que la materia normal, no refleja o absorbe la luz, y por ese motivo no podemos verla directamente con telescopios ni tampoco interactúa con la materia común, así que la única forma de inferir su existencia es al notar su efecto gravitacional sobre la materia visible.

»Hoy en día sabemos a ciencia cierta que no hay suficiente materia visible para explicar la rotación de las galaxias. Otra gran sorpresa fue constatar que la expansión del universo se está acelerando. Los astrónomos creían que debería estar ralentizándose bajo los efectos de la atracción mutua de las galaxias. Sin embargo, parece que el universo contiene algún componente adicional, una fuerza misteriosa capaz de contrarrestar e incluso sobrepasar la atracción gravitatoria mutua y que causa esta aceleración de la expansión.

»Por tanto, la energía oscura es, supuestamente, una forma de energía que estaría presente en todo el espacio, ejerciendo una presión que tiende a acelerar la expansión del universo y dando lugar a una fuerza gravitacional repulsiva. La causa sería que la densidad de la materia ha seguido disminuyendo, mientras que la energía oscura ha permanecido constante. En el modelo estándar de la cosmología, la energía oscura aporta prácticamente el sesenta y ocho por ciento de la masa-energía total del universo.

»Y precisamente eso, comprender qué son la materia oscura y la energía oscura, es uno de los principales objetivos de los grandes experimentos del CERN.

—¿Y cómo puede probarse la existencia o composición de esta misteriosa materia mediante el LHC?

—El segundo gran objetivo del detector CMS es encontrar materia oscura. Intentamos producirla a partir de partículas normales, haciéndolas colisionar de forma lo suficientemente violenta. Sabemos que la materia oscura no puede detectarse con ningún instrumento pero que tuvo que originarse al comienzo de todo, así que si conseguimos recrear las condiciones iniciales con el LHC también podremos generarla nosotros. El problema es que las energías que alcanza el LHC parecen no ser suficientes para producirla. Por eso la mayor potencia del nuevo ILC que se inaugurará dentro de pocos días aquí, en Japón, podría permitir la aparición de la primera partícula llamada «supersimétrica». Y el primer candidato es el «gluino». Su detección podría dar nuevas pistas sobre la materia oscura. Conseguirlo sería incluso más grande que el descubrimiento del bosón de Higgs.

—Sus palabras me suscitan nuevos interrogantes y supongo que algo similar le sucederá a nuestro público. Bosón de Higgs, supersimetría... Vayamos por partes. El bosón de Higgs, ¿podría explicar brevemente en qué consiste y cuál es su importancia?

—El bosón de Higgs, al que algunos denominan «partícula de Dios», ofrece pistas clave sobre la formación del universo al revelar la existencia de un nuevo campo de fuerza en la naturaleza responsable del origen de la masa de otras partículas elementales. Fue descubierto por el LHC en 2012 tras una búsqueda de casi medio siglo, pues su existencia ya había sido predicha. Poco después, en el experimento ATLAS del CERN conseguimos detectar la desintegración del bosón en fermiones, los ladrillos que componen toda la materia visible del universo.

»Otro de los principales objetivos del CERN es comprender mejor el bosón de Higgs, pues cabe la posibilidad de que interactúe con la materia oscura. Por eso estamos llevando a cabo un nuevo experimento para encontrar la materia oscura a través del bosón.

—¿Cuáles son entonces los objetivos más importantes del gran acelerador del CERN?

—Como le he dicho, comprender mejor el bosón de

Higgs y producir materia oscura son las dos finalidades principales del CMS, pero no las únicas. Es muy probable que el universo tenga otras dimensiones que escapen a la gravedad. Si el universo tuviera más de tres dimensiones espaciales, podría explicarse la gravitación desde el punto de vista cuántico, algo que de momento escapa al modelo estándar y que supone un importante problema de la física moderna.

—¿Otras dimensiones? Esto se pone interesante. Seguro que el público también quiere saber más..., pero lo haremos después de la publicidad.

2021
(Seis años antes)

IAN BLOM

No hay dos sin tres
Ginebra, 5 de febrero, 8.00

18

Ian se despierta en la oscuridad de su cuarto. Solo y enroscado en su lado de la cama. Se siente pesado y nota el pulso en las sienes. Constante. Rítmico. Debe de ser por culpa del maldito alcohol. Pero hay algo más que le molesta, un sonido ajeno y penetrante. Incómodo.

Se incorpora de golpe al relacionarlo con el despertador. ¿Cómo es posible? Jamás lo ha necesitado, y por eso no se ha dado cuenta de que el volumen de la alarma es tan débil que difícilmente podría despertarle. Comprueba que lleva varios minutos sonando y achaca de nuevo este lapsus al alcohol.

Se levanta y se prepara los treinta centilitros de leche y la cucharada de aceite con dos gotas de limón. Se viste a toda prisa y sale a la calle. Perderá el tranvía y no puede llegar tarde. Hoy no. Tiene una reunión importante con todo el equipo, y precisamente él será el director de orquesta. Hoy empieza a trabajar en serio.

Corre por la avenida dejando tras de sí el repiqueteo de sus zapatos en los adoquines. Suplica que el tranvía se retrase ese par de minutos habituales o todo estará perdido. Las farolas se van apagando en pos de la incipiente luz natural que se filtra desde el horizonte. Parece que lo hagan a su paso.

Divisa el convoy detenido en la parada. Esprinta, aunque sabe que es inútil. No llegará a tiempo. Sin embargo, se acerca y el tranvía no arranca. Lo tiene al alcance. Finalmente, consigue colarse por una puerta abierta. Se dobla sobre sí mismo para recuperar el resuello. Al levantar la vista, se da cuenta de que ha sido su vecino Javier el que ha mantenido la puerta abierta impidiendo la partida del convoy. Ahora es él quien no le ha agradecido el gesto y se dispone a remediarlo.

—Muchas gracias, compañero.

—Hoy por ti y mañana por mí.

Hay dos asientos contiguos que están libres; Javier ocupa uno y le invita a sentarse a su lado. Se quita la capucha y deja la tableta entre los pies. Ian acepta la invitación. Frunce el ceño; aún le duele la cabeza y está sudando. Echa de menos su ducha diaria matutina.

—Me llamo Javier Gil —se presenta, y levanta el codo a modo de saludo.

—Ian Blom —le corresponde, chocándoselo con el suyo.

Apenas han cruzado un par de palabras, pero no es para nada como se lo imaginaba. Lleva una camiseta bastante friki, en la que puede leerse: «Los que crean en la telequinesis que levanten mi mano». No puede quejarse; él mismo lleva una de *Star Wars* debajo del jersey en la que el maestro Yoda afirma: «Hazlo o no lo hagas, pero no lo desees». Más propia de los informáticos, pero a él también le encanta la trilogía original.

—Uno es dueño de lo que calla y esclavo de lo que dice —comenta Javier tras unos minutos de silencio.

—¿Cómo?

—¿No tienes nada que preguntarme?

Ian tiene mil preguntas, aunque seguramente no le hubiese formulado ninguna de no haberle animado el propio Javier. Trata de buscar las palabras para no parecer descortés, pero al final le espeta:

—¿Qué hacías en el despacho del doctor Hahn?

—Quiere implementar un nuevo sistema para procesar los datos. Me estaba explicando los detalles.

Ian lo duda. No cree que el doctor estuviera en el despacho, pero no insiste. Antes de que pueda hacerle la siguiente pregunta, Javier se le adelanta.

—Ya me he enterado de que te han puesto al mando del equipo del detector CMS. Enhorabuena. Supongo que trabajaremos juntos en ciertos aspectos de los detectores.

—Gracias.

Ian le formula rápidamente la siguiente pregunta que tenía en mente:

—¿De qué conoces a la mujer con la que te reuniste anoche?

—De nada. Ella me conocía a mí, pero yo nunca la había visto.

—¿Te conocía?

—Digamos que está al corriente de ciertos asuntos de mi pasado que es mejor que nadie más sepa.

Ian le anima a explicarse.

—Soy bueno en lo que hago. Se me dan bien los ordenadores, y cuando era un crío me gustaba demostrarlo. Como no tenía trabajo, lo hacía saltándome sistemas de seguridad y dejaba mi firma como prueba de ello. Eso te da prestigio en el mundillo. Acabaron pillándome, y lo que empezó como un juego se acabó convirtiendo en un delito grave contra la ley de protección de datos. Un delito muy grave. Podría haber terminado en la cárcel.

—¿En serio?

Javier asiente.

—Cuanto más poderosa sea la empresa a la que tocas las pelotas, más bueno eres. Y yo se las toqué a una muy muy poderosa. Por fortuna, me dio dos opciones: denunciarme o trabajar para ella con un buen sueldo con el objetivo de mejorar la seguridad de sus sistemas. Así que acepté; a la fuerza ahorcan.

»Ahora me han propuesto un nuevo trabajo para no sacar a la luz mis meteduras de pata del pasado y algo me dice que esta vez no será remunerado.

—¿Por eso le has entregado a esa mujer información del despacho del doctor Hahn?

—Ya te he dicho que estaba en el despacho del doctor Hahn por trabajo. Lo que le he entregado no tiene ningún valor. Material desechado que debería estar borrado.

—¿Cómo estaba al tanto la mujer de esa infracción que cometiste?

—Quizá te parezca un paranoico, pero creo que me eligieron para este puesto en el CERN precisamente porque conocen ese detalle de mi pasado y así pueden extorsionarme. Piensa mal y acertarás.

»Tampoco creo que sea casualidad que seamos vecinos de apartamento. ¿Tienen también algo contra ti? Tú ya conocías a la mujer...

—¿Contra mí? No, no tienen nada contra mí. A la mujer solo la he visto una vez en la sala de espera de los despachos. Quería hablar con el doctor Hahn.

—Pues me parece que no ha tenido mucho éxito en su intento de hablar con él, y me da la impresión de que me está usando para saltarse esa mala comunicación entre ellos.

—¿Y la nota?

—¿Qué nota?

—La nota de papel que le entregaste junto con el USB.

—No sé a qué te refieres, yo solo le di un USB. Por cierto, ¿por qué me has estado siguiendo?

—¿Yo? Todo lo contrario. No parábamos de cruzarnos y pensaba que eras tú el que me seguía.

—¿Crees en las casualidades? —le interrumpe Javier—. No creo que te cruzases por casualidad con esa mujer en la sala de espera. No creo que estemos hablando por casualidad. Piénsalo...

El informático recoge la tableta, se pone en pie y se ajusta la capucha. Suena el timbre de la parada.

—Disculpa, pero tengo prisa. Ya seguiremos charlando, porque seguro que nos volvemos a ver. No hay dos sin tres.

Ian baja del tranvía y se encamina al CERN. No ha sacado nada en claro de aquella conversación, y ni siquiera se ha despedido. En fin, es cierto, ya volverán a encontrarse. Él también tiene prisa y debe estar centrado en sus asuntos.

19

Ian se dirige de nuevo al Centro de Control. En esta ocasión, en lugar de entrar en la sala principal, sube a la primera planta. Allí hay una amplia sala de reuniones en la que destaca una imponente mesa con forma de triángulo. Al final hay una tarima con pizarra electrónica. Ha llegado con veinte minutos de antelación y todavía no hay nadie. Desde el ventanal se puede ver la Sala de Control de la planta inferior con los diferentes espacios de trabajo que gobiernan cada acelerador. No hay rastro de la *vernissage* del día anterior. Algunos compañeros trabajan con normalidad en sus puestos, pese a que los aceleradores no han entrado aún en funcionamiento.

No tardan en llegar los compañeros que asistieron a la reunión inicial y que se encargarán del calibrado de los detectores. Ya coincidió con ellos en la visita al CMS y con Carlo, el más alto, también en la fiesta de ayer en el piso de abajo. Es Carlo quien se adelanta y le saluda primero levantando la palma de su huesuda mano, imitando el gesto de paz de las tribus nativas norteamericanas que se ha incluido entre las fórmulas occidentales de cortesía para evitar el contacto. Luego le imitan los otros cuatro.

A la hora en punto entra el señor Larry Waas, un individuo mucho menos interesante que el doctor Hahn. Por la forma en que saluda a los otros asistentes resulta evidente que ya se conocen. A él solo le dedica un asentimiento de cabeza, sin presentarse siquiera. Cruza unas palabras con Carlo, algo apartados del resto, y luego sube a la pequeña tarima.

—Nos encontramos en el mayor laboratorio del mundo. El hecho de estar aquí es un honor y también un compromiso. Desde aquí escribiremos los siguientes capítulos de la historia de la humanidad y no podemos fallar. Estamos a pocas semanas de la puesta en marcha del gran acelerador y han sido ustedes cuidadosamente seleccionados para dar los últimos retoques. Su aportación al trabajo es vital y tienen el deber de garantizarla. ¿Puedo confiar en ustedes? —Los fulmina con la mirada. Nadie responde—. El señor Carlo Baressi liderará la revisión y los ajustes del detector ATLAS, el experimento más potente del gran acelerador, y el señor Blom incorporará al detector CMS un novedoso y preciso método de calibrado usando muones. —Clava la vista en él y añade—: Esperemos que el doctor Hahn sepa lo que hace... Ahora escuchemos lo que tiene que decirnos el mismo señor Blom.

A Ian no le gusta la forma en que lo dice. ¿Estará otra vez a prueba? Quizá el señor Waas no coincida con el doctor Hahn en que él sea la persona indicada para liderar el equipo que trabajará en el detector CMS. Parece congeniar con los otros compañeros, especialmente con Carlo.

Ian sube a la tarima y trata de explicar lo que se preparó la noche anterior en el apartamento. Al principio se le traba la lengua un par de veces y tiene que soportar la cara de satisfacción de Waas, pero poco a poco va ganando confianza. Está exponiendo una síntesis de su tesis, algo que ya hizo en su día y que se sabe de memoria. La idea es empezar con el calibrado del detector conocido como CMS por la capa más externa, donde se encuentran los detectores de muones de este sistema. La exigencia es que un aparato que mide veintiún metros de altura esté alineado con un grado de precisión que no supere las doscientas micras. Lo habitual es hacerlo usando láseres, pero su idea es calibrarlo con unas partículas que «llueven» del cielo, llamadas «muones». Estas partículas subatómicas tienen una masa doscientas veces mayor que la del electrón. Haciendo uso de ellas, junto con técnicas matemáticas avanzadas, se puede determinar con precisión dónde están los detectores. La idea parece tener una buena acogida entre los compañeros. Solo el señor Waas le pone un par de objeciones con preguntas inquisidoras.

Esta es la primera de muchas reuniones. Las siguientes dos semanas las dedican a desarrollar la línea de trabajo que él mismo ha propuesto. También las aprovechan para familiarizarse con las instalaciones y conocer a todo el personal que ha estado trabajando en el detector CMS, incluido el imprescindible equipo de mantenimiento. La coordinación entre todos los grupos de trabajo es muy importante, y para ello Ian visita en varias ocasiones el Centro de Control, los túneles y los laboratorios. En las visitas iniciales, todos los operarios le explican con entusiasmo su función. Parecen buscar su aprobación, como si su puesto estuviese en sus manos. Ian aprende mucho durante esos días.

El doctor Hahn y el señor Waas aparecen muy de vez en cuando y nunca juntos. Se limitan a realizar una labor de supervisión. Lo que realmente quieren son resultados, y para ello hace falta tiempo y trabajo. Todo parece haberse puesto a rodar. Ian está contento. Le encanta trabajar. Disfruta con los desafíos y, evidentemente, goza de su cargo como jefe de equipo. El nombre de Javier Gil sale a colación en algunas ocasiones. De hecho, en una segunda fase tendrán que colaborar en diversos puntos. Todavía no es necesario. Lo ha visto asistir a un par de reuniones de todo el equipo, pero siempre se sienta en la última fila y se marcha antes de que pueda acercarse a saludarlo. En el tranvía han coincidido casi todos los días, pero no han vuelto a cruzar más que algún saludo impersonal o una breve inclinación de cabeza.

Estas dos semanas han sido solo el principio. Le esperan unos meses frenéticos.

20

Ian regresa al estudio que le costea el CERN. Con esta se cumplen dieciséis noches durmiendo en él y por fin ha encontrado algo de estabilidad en su vida desde que se instaló en Ginebra. Ahora sabe cuál es su papel en el CERN, y es un papel importante. En muy poco tiempo se ha familiarizado con la forma de trabajar del centro y se está afianzando como líder de equipo. Empieza a sentirse cómodo. El trabajo lo mantiene ocupado, y eso es bueno para su equilibrio mental. Le ayuda a centrarse y olvidarse de sus problemas personales. Ha establecido una rutina de trabajo y lleva una vida ordenada. Y es precisamente en esta rutina donde encuentra sosiego. Se siente seguro. Sabe de antemano cómo va a ser el siguiente día y lo agradece. No le gustan las sorpresas ni los imprevistos.

Su relación con los nuevos compañeros es cordial y estos muestran una actitud proactiva. Todavía no han aparecido las inevitables rivalidades. Fuera del trabajo apenas se relaciona con ellos, ni con ellos ni con nadie. Es su forma de ser. Pero lo importante es que en el ámbito laboral se llevan bien.

Se da una ducha, se prepara algo para cenar y come en la cama mientras zapea con el televisor silenciado. Hoy empezará a estudiar la documentación que le ha remitido cada departamento que interviene en el experimento CMS. Le llevará varios días revisarla entera.

Suena el timbre. Aún no lo sabe, pero esa llamada volverá a poner patas arriba su mundo.

Lo ignora. Se habrán equivocado. Seguramente busquen a Javier, que es muy aficionado a salir con los compañeros. A veces lo oye marcharse y luego llegar de madrugada mientras él todavía trabaja en su cuarto. Ian ha rechazado educadamente tres o cuatro invitaciones a realizar actividades después del trabajo y ya no se lo proponen. Lo prefiere así.

Vuelven a llamar.

Ian se levanta y pregunta con desdén por el interfono:

—¿Quién es?

—Soy yo.

La contestación le desconcierta. No la respuesta en sí, sino la voz. Es una voz de mujer joven. Abre sin querer especular y espera asomado a la mirilla. La chica sube por la escalera y toca el timbre. Ian no abre; permanece espiando hasta que ella levanta la cabeza y le mira fijamente.

Es Corina.

Se aparta de la mirilla y respira profundamente. ¿Corina? ¿Ya está otra vez con sus locas ideas? Quisiera volver a mirar para cerciorarse, pero no lo hace. Ella podría descubrir que la está espiando.

Vuelve a sonar el timbre. Repetidamente. Es evidente que sabe que hay alguien dentro.

Ian se abrocha bien el albornoz, se retoca el flequillo y abre.

—Hola, cariño —saluda Corina.

Le acerca un beso a los labios, suave, apenas una caricia de ensueño, y continúa hasta la cocina. Lleva tres bolsas que deja sobre la encimera. Él la sigue.

—¿Cómo ha ido el día? Debes de estar encantado trabajando en el CERN. Es lo que siempre habías querido.

Ian no responde. Se limita a observar cómo ordena la compra.

—¿Puedes ayudarme con esto? No llego al último estante.

Corina le acerca un par de botellas de licor y él las coloca en la balda superior. Cuando termina de ordenar, todavía queda una bolsa en la mesa. Fina. Corina se vuelve hacia él con una sonrisa.

—Y ahora tu regalo —anuncia guiñándole el ojo—, pero antes tienes que hacerme tu famosa interpretación de Darth Vader. —Ian no reacciona—. Venga, no te hagas de rogar... —insiste, impaciente.

Corina se deja caer al suelo y oculta la mano derecha bajo la manga de la blusa. Con la otra mano se aferra la muñeca y simula un dolor intenso. Ian hace lo que le pide.

—Luke, yo soy tu padre.

Corina saca la mano y aplaude. Se pone en pie sin usar las manos para impulsarse; siempre ha admirado su agilidad. Él, en cambio, es un tronco. Su novia le pone la bolsa en la mano y espera mirándole fijamente. Se humedece con la lengua ligeramente los labios, dulces y sensuales.

—¿A qué esperas? —Dentro hay un regalo similar en peso y tamaño a los antiguos vinilos—. Vaaaamos —le apremia. Ian busca las juntas para despegar cuidadosamente el envoltorio. No le gusta romper el papel. Efectivamente, son tres vinilos—. ¡Tatatachán! La trilogía en *laser disc*. La única versión que te faltaba, ¿verdad?

Ian acaricia las portadas mientras las estudia. Es cierto, las tenía en todos los formatos menos en ese. Revisa los créditos de la contraportada antes de sacar uno de los discos. Son los 33 r. p. m. de antaño. Al levantar la vista, encuentra a Corina con los brazos extendidos.

—¿No vas a decir nada?

La abraza y le susurra al oído:

—Gracias, cariño.

—Podríamos estrenarlas esta misma noche si no tienes mucho trabajo. Hace casi un año que no las vemos y quizá se te haya olvidado alguna frase —bromea.

Ella siempre le dice que no comprende cómo puede saberse de memoria todos los diálogos. Cada vez que las ven suele pausar la película en un par de ocasiones y le obliga a terminar las frases. Por ahora nunca ha fallado.

—Ian, ¿te encuentras bien? ¿No te ha gustado el regalo?

—Claro, sabes que lo estaba buscando... ¿Cómo lo has conseguido?

—Es un secreto... Voy a ducharme. Si puedes, prepárame un sándwich vegetal con lo que he traído. No olvides el huevo con la yema al dente.

Se lo pide ya descalza y con las zapatillas en las manos. Se mete en la ducha. Ian coge las películas y las ordena en la modesta biblioteca de la habitación. Tiene que inclinarlas ligeramente para que quepan en la zona reservada a los DVD. En su actual colección solo tiene *Prime, Donnie Darko* y el pack de *La guerra de las galaxias*. Lo de mudarse es un rollo. Se aleja y las observa desde el otro extremo para comprobar que están bien ordenadas. Luego se acerca a la puerta del baño. Escucha durante unos segundos el correr del agua para cerciorarse de que realmente Corina está allí. Va a la cocina y prepara el sándwich vegetal. Parece que su mundo ordenado ha vuelto a derrumbarse, pero, sin entender nada, interiormente se siente muy contento de que su novia haya vuelto. Está feliz. Así que se dejará llevar. No piensa hacer o decir nada que pueda importunarla o provocar que se vuelva a marchar.

Corina aparece con una toalla alrededor del cuerpo y otra anudada a la cabeza. Está preciosa. La lámpara led hace que sus ojos verdes brillen en su rostro como esmeraldas. La piel de los brazos y las piernas está ligeramente bronceada. Rebosa vida y juventud. Abre el armario de la habitación y deja caer la toalla del cuerpo. Se lo unta todo con crema. Él, embelesado, se alegra de que esté de espaldas y no pueda ver la cara de pasmado que debe de tener. Los suaves movimientos tras el vapor que todavía sale de la ducha le hacen preguntarse si acaso está contemplando su propio sueño. Corina se sienta de un salto en la cama y coge el plato de la cena rápida que él ha preparado metódicamente. Con una pierna extendida y la otra doblada se coloca la bandeja sobre las rodillas y juega a que no se desmigaje mientras muerde.

—¿Qué tal hoy con Herman Hahn? —pregunta con un dedo en la comisura de los labios.

—Hoy no lo he visto —responde Ian.

Pero en realidad está pensando en la sugerente ropa interior roja que con mágica indiferencia se ha ajustado Corina. ¿En qué momento ha podido llegar al armario? Él nunca la había visto.

Corina termina el sándwich y deja la bandeja en el suelo. Un sorbo de agua y se tumba sobre la cama a lo ancho. Deja caer la cabeza por un lateral del colchón y empieza a secarse el pelo del color del ámbar. Abdominales sin una pizca de grasa y músculos insinuándose ligeramente en los brazos al moverlos. Dice algo y se ríe, pero con el secador él no puede entenderla... Ian se olvida de la ropa del armario y, para deshacerse de las mil incógnitas que le asaltan, intenta refugiarse en el cuerpo. Se reclina sobre la cama y recorre con adoración una piel todavía húmeda y con esquivo aroma a niñez y dicha. Ella no rechaza las caricias y finge seguir secándose hasta que con un abrazo comparti-do se vencen las dudas y se olvida el tiempo. Los dos aman-tes vibran en armonía, sin prisa, sin ruido y sin preguntas, hasta que el éxtasis les deja fundidos en el mismo sueño, cálido, cierto y placentero.

HERMAN HAHN

ILC
Ginebra, 5 de febrero, 9.30

21

El doctor Hahn se asoma discretamente a la reunión que están celebrando los jóvenes recién incorporados para la tarea de calibración de los detectores y que dirige su colega Larry Waas. Permanece allí unos minutos hasta que Ian Blom sube a la tarima. Tiene muchas esperanzas puestas en aquel joven. Confía en que sabrá adaptarse y ganarse el respeto de los compañeros. Es joven e inexperto, pero tiene talento. Y hace falta gente con talento. La comunidad científica está envejeciendo, cada vez hay menos jóvenes con vocación y preparación suficientes para reemplazarlos. Y hay muy pocos que sean brillantes. El futuro de la ciencia es incierto si la situación no cambia.

El doctor entorna la puerta y abandona el Centro de Control para dirigirse al lugar donde está ubicado el Linac 4, el primero en la cadena de cinco aceleradores y el único que no tiene forma de anillo.

El Linac 4 sustituyó al Linac 2, que ya mostraba señales de agotamiento tras más de cuarenta años de funcionamiento. El Linac 4 superó el periodo de pruebas y fue conectado al resto de los aceleradores a finales de 2019, poco después de haber sido apagados para la profunda revisión técnica en la que todavía están inmersos.

Su misión es inyectar en el sistema de aceleradores más protones en un mismo volumen que los que inyectaba su antecesor, el Linac 2. Viene a ser como un grifo en el que lo importante es la presión a la que sale el agua.

La última fase del viaje que los paquetes de protones empiezan en el Linac 4 será en el LHC, donde alcanzarán una mayor luminosidad, palabra que en el mundo de la física se refiere a la cantidad de colisiones de protones que se consigue en un periodo determinado de tiempo. La tecnología del Linac 4, que con sus noventa metros de longitud puede parecer una máquina modesta en comparación con los veintisiete kilómetros del LHC, permitirá multiplicar por cinco esta luminosidad, y, en consecuencia, cuando este último vuelva a funcionar, acumulará diez veces más datos que el último año en que estuvo en activo.

Este acelerador lineal se encuentra a doce metros de profundidad y su construcción requirió diez años de trabajo y más de noventa millones de euros de inversión. El edificio en superficie alberga el equipamiento de radiofrecuencia, los suministros de potencia eléctrica, los dispositivos electrónicos y otras infraestructuras. Y es precisamente allí, en el lugar donde empieza todo, donde Herman Hahn ha convocado a los responsables y a los jefes de departamento.

Herman todavía no ha encontrado pruebas irrefutables de que se generasen partículas desconocidas en las colisiones del último año en que el LHC estuvo operativo. Hay evidencias, pero no certezas. Los datos recabados, pese a estar cribados, son demasiado numerosos e inabarcables para la revisión casi manual que está llevando a cabo. Sin embargo, sí ha detectado ciertas desviaciones en la forma en que se llevaron a cabo los experimentos. El procedimiento para introducir las partículas en el sistema y el número de colisiones que se obtuvieron no se correspondían exactamente con el plan que se trazó en su momento. Es importante llegar al fondo del asunto, y para ello tiene que poner el foco en el inicio de la cadena, en el lugar donde se inyectan las partículas y van pasando a los diferentes aceleradores. ¿Por qué los responsables no acataron las órdenes? ¿A qué se deben esos pequeños desajustes? Tiene que asegurarse de que no vuelva a ocurrir cuando el Linac 4 empiece a funcionar en sustitución del anterior. Tras reunirse con todos los que intervienen en el proceso de inyección de partículas en la cadena de aceleradores, Herman solo saca en claro que la mano de su antiguo compañero, el profesor Hinne, está detrás de las desviaciones respecto al plan original. Su compañero era un científico excepcional, pero también un maniático. Muchas de sus teorías e ideas eran en ocasiones más fantásticas que físicas. Era un soñador, y su repentina marcha fue una sorpresa para todos y una pérdida para el CERN. Lo respetaba, pero sabe que habrían acabado enfrentados. Mejor así. El aspecto positivo de la reunión es que las pruebas preliminares han sido satisfactorias y todo parece estar listo para la nueva etapa. Hay entusiasmo entre los responsables.

22

Herman Hahn dispone del tiempo justo para tomar un batido de quinoa antes de la siguiente reunión que tiene programada. Se dirige a su despacho. La pequeña nevera es lo único que mandó instalar personalmente. Saca un botellín de agua y un táper en el que echa dos cucharadas de polvo energético y usa el mismo sillón de trabajo para comer. No le gusta hacerlo rodeado de gente, y por eso solo va a los restaurantes del CERN a primera hora de la mañana, para desayunar. A esas horas apenas hay uno o dos trabajadores acondicionando el restaurante. Ni siquiera son cocineros, pero cuentan con que él irá y le preparan algo para comer y una bolsa de Cheetos que recoge al marcharse. Cada día es un menú diferente y no puede quejarse de la calidad. Se pregunta si lo elaboran ellos mismos o si son los cocineros los encargados de hacerlo la noche anterior.

La reunión se celebra en un sitio discreto. Los organizadores no parecen tener interés en que transcienda. En la sala solo hay un asiento libre; el resto están ocupados por ejecutivos trajeados, en su mayor parte orientales. Entre ellos, un grupo de mujeres uniformadas cruzan las rodillas con distintos tonos de medias bajo faldas ceñidas. Todos se remueven ante su presencia; es evidente que le estaban esperando pese a que ha entrado con cinco minutos de antelación. Herman intuye que le han invitado porque quieren reclutarle para un nuevo proyecto internacional que se está gestando, el llamado ILC, Colisionador Lineal Internacional. Este acelerador de nueva generación será más potente y mucho más preciso que el actual LHC. En las colisiones entre protones que se llevan a cabo en este último solo interactúa una parte de la partícula, lo que disminuye la calidad del análisis. El ILC consistirá en dos aceleradores de partículas lineales enfrentados, donde se harán colisionar electrones y positrones, sus antipartículas, en lugar de protones, como ocurre en el LHC. Se espera que el resultado sea mucho más limpio y permita conseguir una física varios órdenes de magnitud más precisa.

El ILC será el primer acelerador global, compartido entre Europa, Asia y América. Costará aproximadamente siete mil millones de euros. El Gobierno japonés negocia en estos momentos al más alto nivel con el resto de los gobiernos para albergar este gran acelerador.

Después de varios retrasos, cancelaciones, recortes presupuestarios y disputas territoriales, por fin se ve luz al final del túnel y ya llevan unos meses trabajando pese a las incertidumbres de la pandemia. Herman ha colaborado activamente en el proyecto desde el inicio, tanto en su diseño como en la planificación de su ejecución. Ahora quieren reclutarle a tiempo completo. Es un proyecto ilusionante, pero todavía queda muy lejos en el tiempo y hay muchos escollos por sortear. Si todo va bien, entrará en funcionamiento en 2027. Él ya tiene una edad y cree que será más útil en el CERN.

La reunión empieza bien. Se discuten aspectos técnicos y todos esperan su opinión. Interviene en un par de ocasiones y presenta el informe que tiene preparado. Todo fluye y parecen avanzar. Sin embargo, algo se tuerce cuando vuelve a salir el tema de la financiación. Debido a los recortes aplicados al presupuesto inicial se propone una reducción del tamaño del acelerador, algo que contradice el objetivo del proyecto. No le gusta y lo deja claro. Luego siguen con disputas por la ubicación y problemas con los permisos. Todo eso no le atañe. Otra jornada perdida.

En la primera pausa se ausenta. Supone que a muchos de los asistentes no les sentará bien su desplante, pero eso no le importa; es lo que se merecen. Su tiempo es valioso.

23

Herman Hahn vuelve a su despacho. Tiene un depósito para residuos orgánicos y deja caer la cápsula de Nestea de ayer para prepararse otro y sentarse frente al monitor. Ha pasado los últimos quince días con la misma rutina, dedicando las tardes y las noches a revisar los datos almacenados tras aplicar sus nuevos filtros. También ha aprovechado para terminar la documentación destinada a automatizar el proceso para que Javier Gil lo implemente cuanto antes. Esto les ahorrará mucho tiempo en el futuro. Por el momento solo ha encontrado algunas coincidencias que hay que comprobar, pero sabe de antemano que son insuficientes. Unas horas después apaga el ordenador y sale del despacho. Siempre se dice a sí mismo que cancelará la próxima cita semanal con la señorita Béla, pero siempre acude puntual.

Ya en su piso, prepara la bandeja de plata con los dos vasos de whisky, el bombón de DeLafée y los dos billetes amarillos a juego con él. Se ducha y espera unos minutos. A la hora acordada suena el timbre.

Abre la puerta, y la mujer entra directamente en la habitación sin el habitual saludo. Algo no va bien. Herman la sigue. Toma su vaso de whisky de la bandeja y se sienta en la cama. La mujer se coloca delante de él. Lleva un vestido negro ajustado y elegante, como siempre. En la penumbra de la habitación no puede distinguir con claridad el rostro, pero sí la mezcla de perfume y olor corporal. También puede oler su nerviosismo.

—¿Dónde está mademoiselle Béla?

—Hoy no ha podido venir. Vengo en su lugar.

Herman hace girar el vaso que sostiene y después se lo aproxima al rostro. El aroma a alcohol es muy sutil, como tiene que ser en los buenos whiskys. De inmediato percibe el roble americano, fuerte pero sensible. También un toque de naranja y algo de especias, quizá pimienta. Aroma a cebada.

—Le agradezco que haya venido —dice pasados un par de minutos, y agita de nuevo el vaso—, pero esperaré a que mademoiselle Béla venga la semana que viene. Puede llevarse el dinero —concluye, señalando la bandeja.

La mujer no se mueve del sitio. Con una morbosa mezcla de elegancia y torpeza se quita el vestido. Luego la ropa interior.

—No tengo tiempo para esto, señorita.

—¿Está seguro? ¿Y por qué tintinea el hielo del vaso?

Herman hace un esfuerzo por mantener el pulso firme, pero el vaso pesa y está inquieto. No le gustan las sorpresas. La forma de hablar correcta y pausada de la mujer le llama la atención. Así hablan los políticos y los profesores.

—¿Qué quiere de mí, señorita?

No hay respuesta. La mujer enciende la luz de la habitación sin pudor, o sabiendo ocultarlo. Es algo mayor que Béla, pero es guapa. Una belleza más madura, con un estilo cuidado. Además, le encuentra cierto parecido morboso. Muestra un semblante seguro y altivo, casi desafiante.

—¿Una pizarra táctil? —pregunta con socarronería mirando la pantalla que ocupa casi la totalidad de la pared que hay enfrente de la cama—. Curiosa forma de decorar la habitación. —La mujer, sin cubrirse, se acerca a la pizarra y la pone en marcha con familiaridad—. ¿Me permite?

—Toda suya.

Escribe algunas fórmulas y gráficos y se vuelve hacia él.

—¿Sabe qué es el entrelazamiento cuántico? Pues claro que...

—Apuesto a que usted sí lo sabe —la interrumpe el doctor Hahn elevando el tono de voz—. No hace mucho un joven artista quiso explicarme las diferentes aplicaciones de un colisionador de partículas y ahora, según parece, una trabajadora sexual viene a mi casa a explicarme mecánica cuántica. ¿Qué se me desvelará mañana en la *fromagerie*? ¡Y yo que pensaba que la ciencia apenas llegaba a la gente de a pie! —añade con una carcajada fingida. La mujer le atraviesa con la mirada—. Adelante. Tiene mi atención. Creo que es lo que ha estado buscando estas últimas semanas.

La mujer no reacciona ante sus palabras, pero Herman está convencido de que es la misma mujer que ha estado yendo al centro para intentar hablar con él.

—Si hacemos colisionar un electrón-positrón podemos generar dos fotones entrelazados. Esto permite que esas dos partículas, aunque estén separadas por una distancia enorme, sean capaces de «comunicarse» de forma instantánea sin que exista nada, ningún canal de transmisión, entre las dos.

»A través de este entrelazamiento, como bien sabe, ya no son partículas independientes y podemos saber al instante lo que le ocurre a una observando a la otra pese a la distancia.

—La famosa «paradoja EPR» —interviene el doctor Hahn—, Einstein, Podolsky y Rosen. Esta paradoja pretendía servir de ejemplo para afirmar que la mecánica cuántica era una «teoría» incompleta y fallida y que necesitaba una profunda revisión. Según el propio Einstein, este conjunto de hipótesis violaban el universo tal como lo conocemos.

La mujer asiente.

—En efecto, Einstein lo llamó peyorativamente «espeluznante acción a distancia». Sin embargo, este extraño fenómeno, que rompe por completo nuestra manera de entender el mundo, ha podido ser comprobado y hoy sabemos que es real. —La mujer hace una pausa y completa el razonamiento con algunas fórmulas. Herman Hahn no pierde detalle y se concede unos segundos para desviar la atención de un argumentario que ya conoce y centrarla en la figura de la novedosa ponente. Se mortifica por dedicar tanto tiempo a las piernas como a las fórmulas—. Actualmente podemos medir en cualquier momento el *spin* de una de las dos partículas entrelazadas, y sabemos que el *spin* de una es opuesto a la otra. Es decir, al medir el *spin* de una, de forma automática sabemos el *spin* de la otra. No importa el ángulo ni...

Herman sabe perfectamente todo lo que está diciendo la mujer, y aunque ha despertado su interés al preguntarse adónde pretende llegar con su exposición, dicho interés se desvanece de súbito al consultar el reloj. Le hace recordar que no debería estar allí.

—Todo esto es muy interesante, señorita —la interrumpe antes de que pueda llegar a las conclusiones. También es una forma de imponerse. A él le gusta llevar la batuta y no le agrada haber sido asaltado de esa manera en su propia casa—. Pero ya han pasado los veinticinco minutos y lamento comunicarle nuestro encantador tiempo juntos ha concluido por hoy.

La mujer se gira.

—No he terminado —dice manteniendo la compostura, aunque hay furia contenida en su mirada.

—Sí que lo ha hecho. En la próxima cita, si la señorita Béla está de acuerdo, podrá seguir iluminándome con sus profundos conocimientos de mecánica cuántica. Por cierto, no olvide traer ropa interior roja. Es mi favorita.

La mujer le fulmina con la mirada.

—Tenía entendido que odia a las mujeres, aunque ya veo que para ciertas cosas no es así.

—Yo tampoco oculto nada. Si usted fuese un hombre, tenga por seguro que no le habría permitido entrar en mi apartamento. Tendré que revisar mi imagen de misógino, pues es la segunda vez en muy poco tiempo que alguien me acusa de odiar a las mujeres.

Herman se levanta y, mientras sale de la habitación, dice:

—Ha sido un placer conocerla. No olvide coger el dinero de la bandeja. Y, por favor, disfrute de la copa.

2027
(Seis años después)

HERMAN HAHN

Dimensiones extra
Tokio, 5 de marzo, 20.01

24

—Dicho y hecho. Aquí estamos de nuevo para retomar el interesante asunto de las posibles nuevas dimensiones. Su turno, doctor.

—No es tan descabellado como puede parecer *a priori*. Según numerosas teorías, entre ellas la de supercuerdas y supergravedad, nuestra realidad tridimensional podría formar parte de un universo con numerosas dimensiones superiores que nos resulta imposible observar de forma directa.

»La aceptación de dichas dimensiones adicionales podría ayudar a resolver algunos misterios de la física, como, por ejemplo, la existencia de la materia oscura, cinco veces más abundante que la materia ordinaria, como ya hemos comentado, o de la energía oscura, la misteriosa y descomunal fuerza que obliga al universo a expandirse cada vez más deprisa.

»Esta noción de unas dimensiones extra también ayudaría a resolver la incómoda pregunta de por qué la gravedad es más débil que cualquier otra fuerza. Algunos científicos barajan la hipótesis de que la gravedad podría ser capaz de introducirse en esas otras dimensiones, o de estar en una dimensión extra a las otras fuerzas.

—Permítame un inciso, doctor —le interrumpe el presentador, algo que a Herman no le agrada—. Antes de continuar, y para centrarnos. Conozco la existencia de cuatro dimensiones. La primera, arriba-abajo; la segunda, izquierda-derecha; la tercera, delante-detrás, y la cuarta, el tiempo. Pero ¿qué buscamos exactamente cuando habla de una dimensión extra, por ejemplo la quinta dimensión?

—Es una buena pregunta. En realidad, no sabemos con exactitud lo que buscamos, pero sabemos que puede estar ahí. Le pondré un ejemplo que ya utilizó con maestría una compañera del CERN. Imaginemos un canal estrecho y largo, con barcos de diversos tamaños navegándolo.

»Si viajamos en un enorme crucero que ocupa casi todo el ancho, solo se puede mover a lo largo del canal; no tiene la posibilidad de moverse a lo ancho, así que, desde la perspectiva de ese crucero, el canal solo tiene una dimensión.

»Si lo que tienes es un velero, podrás zigzaguear a lo ancho. Desde la perspectiva del velero, el canal tiene dos dimensiones.

»Si viajas en un submarino, experimentarás tanto el largo como el ancho, pero también la profundidad. Desde esa perspectiva, el mismo canal tiene tres dimensiones.

»La hipótesis es que la gravedad, como el submarino en el canal, puede experimentar dimensiones adicionales y disiparse en ellas, mientras que nosotros no tenemos esa capacidad y por eso sentimos que es muy débil.

»Hoy en día se está intentando comprobar si la fuerza de la gravedad es realmente capaz de "filtrarse" a esas otras dimensiones diferentes. Por ejemplo, compañeros investigadores ajenos al CERN han analizado al detalle las ondas gravitacionales generadas por la colisión de dos estrellas de neutrones. Si las ondas detectadas hubieran sido más débiles de lo esperado, habría sido una prueba de que «algo» les estaba robando la fuerza que les faltaba. O de que, en efecto, una parte de esa fuerza se filtraba a otra dimensión. Sin embargo, de momento no han encontrado evidencias de esa filtración.

»En resumen, hay toda una serie de teorías que predicen la existencia de dimensiones adicionales del espacio-tiempo en las que la gravedad podría filtrarse. Se está intentando demostrar esta hipótesis por varios medios. Yo, personalmente, considero que los aceleradores de partículas serán los primeros en ofrecer las respuestas que buscamos.

—¿Cómo se pueden descubrir esas otras dimensiones con un acelerador? ¿Sería cuestión de encontrar también una nueva partícula?

—Si las teorías actuales son correctas, hay cierta probabilidad de que a través de la colisión de partículas se genere una nueva partícula subatómica llamada «gravitón».

»La física cuántica nos dice que cada fuerza tiene una partícula relacionada que la lleva. Por ejemplo, la luz la transportan fotones, así que la gravedad debería en teoría ser transportada por gravitones, y, aunque de momento nunca los hemos observado, podrían ser la clave para desbloquear dimensiones ocultas. Por eso no hemos dejado de buscarlo en el CERN desde hace más de veinte años. Quizá ahora con el ILC, que está a punto de ser inaugurado aquí, en Japón, lo consigamos por fin.

2021
(Seis años antes)

IAN BLOM

«No, yo soy tu padre»
Ginebra, 19 de febrero, 8.00

25

Ian se despierta en la oscuridad de su cuarto tres minutos antes de que suene el despertador. Tantea la mesita de noche hasta que consigue desactivarlo. No quisiera despertar a Corina. ¿Corina? ¿Realmente está allí? La busca en el otro extremo de la cama y respira con alivio al sentir su presencia.

Han pasado dos semanas desde que Corina se presentó en el apartamento. Esta vuelta inesperada, aunque muy positiva, trastocó todos sus planes de vida y de trabajo. Por fin ha conseguido estabilizarse profesional y sentimentalmente. Para ello ha tenido que renunciar a una parte del tiempo que tenía previsto dedicar al trabajo, pero ha valido la pena. Se siente feliz. Corina consigue que se sienta vivo. Dándole la mano, en silencio, ha compartido más vida que con ninguna otra persona. Ella consigue llenar parte de su vacío interno. Aporta esa pizca de locura alegre que rompe con su mecánica monotonía.

Todo ha vuelto a la normalidad, siempre que se excluya de la ecuación el hecho de que todavía no han hablado de la razón por la que ella decidió abandonarlo de la noche a la mañana en París y de los motivos de su vuelta en Ginebra. Tampoco han hablado del anillo de compromiso que Corina luce en el dedo y que él no le ofreció cuando tuvo ocasión. ¿Cuándo se lo ha puesto? ¿Cómo ha llegado hasta ella? Ian no está seguro de que lo llevase la primera noche que llamó de forma inesperada a su puerta en Ginebra. Lo más probable es que lo encontrase donde lo extravió y se lo pusiese sin más. Él no le ha preguntado nada de todo esto, y no es por falta de interés. Es por su forma de ser. Además, ahora que las cosas van bien, no hay por qué cambiarlas. Esa es una máxima que no se debe quebrantar. Ian se levanta de la cama. Se ducha con agua fría y se prepara el vaso de leche de almendras y la cucharada de aceite con tres gotas de limón. Al cabo de pocos minutos está en el tranvía sentado junto a su compañero Javier.

Los últimos días hay pocos pasajeros y suelen sentarse cerca. Apenas charlan, la tableta parece ganarle la partida a la conversación. Al menos ahora sabe que Javier la usa para leer y no para jugar o ver series, como pensaba. Cuando hablan lo hacen sobre temas intranscendentes. Ian todavía quisiera aclarar ciertas incógnitas sobre la mujer del bar y la información que le entregó, pero quizá ese no sea el lugar apropiado para abordar el tema. Y, al igual que con su novia, opta siempre por guardar silencio y buscar el momento adecuado, aunque, en lo más profundo de su ser, sabe que esa búsqueda del momento oportuno es simple y llana cobardía.

26

Ese mismo día, poco antes de terminar la jornada laboral, el señor Waas propone una visita al edificio que alberga la red de computación del LHC. Se trata de una red de distribución diseñada por el CERN para manejar la enorme cantidad de datos que produce el Gran Colisionador de Hadrones y que incorpora enlaces propios de fibra óptica e internet de alta velocidad.

Nada más llegar a las instalaciones, uno de los responsables de la red de computación les expone en cifras algo que ya conocen a grandes rasgos.

El flujo de datos provisto desde los detectores se estima en alrededor de 300 Gb/s, que tras el filtrado en busca de eventos interesantes se reduce a 300 Mb/s. El centro de cómputo del CERN, considerado el «nivel 0» de la red, dedica para ello una conexión de 10 Gb/s. Por tanto, se espera que el LHC genere 27 terabytes de datos por día, más 10 TB de «resumen»; entre 10 y 15 petabytes de datos cada año. Estos datos son enviados fuera del CERN, a once instituciones académicas de Europa, Asia y Norteamérica, que constituyen lo que se denomina el «nivel 1» de procesamiento. Otras ciento cincuenta instituciones constituyen el «nivel 2».

Para controlar la configuración primaria de las máquinas de la red de ordenadores del LHC se utiliza una distribución científica del sistema operativo Linux llamada Scientific Linux. Esta red recibe y distribuye los datos a los cien mil CPU de todo el mundo que constituyen los niveles 1 y 2 de procesamiento.

En el caso del detector CMS, que es el que está a su cargo, los imanes de enfoque del LHC fuerzan a los protones, que giran en sentido contrario, para que colisionen en el centro del detector y consiguen producir más de seiscientos millones de colisiones por segundo, una cada veinticinco nanosegundos.

Las nuevas partículas generadas tras dichas colisiones en el CMS son inestables y se desintegran rápidamente en una cascada de otras más ligeras y conocidas que, al atravesar el CMS, dejan señales que permiten reconocerlas. Las «firmas» de cada partícula las analizan sistemas electrónicos veloces que guardan los eventos que podrían mostrar indicios de nuevas partículas, como ocurrió con el bosón de Higgs decayendo en cuatro muones. Esto reduce a unos niveles razonables los datos generados. Estos se analizan posteriormente con mayor detalle mediante sistemas punteros de computación en malla con el objetivo de encontrar entre los miles de millones de eventos producidos en el CMS datos que puedan indicar la presencia de nuevas partículas o fenómenos.

Al terminar la charla, y siempre dirigidos por el señor Waas, visitan las instalaciones del llamado «nivel 0». En una de las salas, sentado entre otros informáticos, Ian reconoce a Javier Gil. Usa dos grandes monitores, uno de ellos en vertical. Lo ve saludar de forma general y no parece haber reparado en su presencia.

Cuando Larry Waas termina la exposición, Ian se acerca al puesto de Javier, pero este parece querer evitarle escondiéndose tras los monitores. Solo cuando lo tiene delante le saluda discretamente. Actúa como si no se conociesen de nada. Ian, algo confundido, vuelve junto al resto y continúa con la visita.

27

Ian llega cansado y malhumorado al estudio. La visita al Centro de Computación ha retrasado su hora habitual de salida del CERN y está algo molesto con la conducta de Javier. ¿Por qué le ha esquivado? Tampoco debería sorprenderle demasiado, pues algo similar ocurrió el primer día, cuando coincidieron en el tranvía y Javier no le agradeció que le ayudase a alcanzarlo a tiempo. Sin embargo, pensaba que ahora tenían una relación mejor, casi de amistad. Es el único amigo que tiene en el CERN y por eso le ha llegado a doler su actitud, aunque es posible que Javier tenga una opinión diferente respecto a él.

En el rellano de la escalera se plantea llamar a la puerta de su vecino, pero, una vez más, desiste y se limita a entrar. Corina no está. Hoy han quedado para el maratón de *Star Wars* que tienen pendiente, así que no tardará. A Ian le vendrá bien desconectar del trabajo; arrastra ya demasiados días un dolor de cabeza del que no consigue librarse. Poco descanso, comidas a deshoras y mucho tiempo de excesiva concentración soportando la carga de su responsabilidad.

Podría llamarla o enviarle un wasap, pero no lo hace. Durante el tiempo que han pasado juntos siempre han respetado escrupulosamente la libertad del otro, si bien es cierto que, desde la reconciliación, la nota algo más distante. La relación parece haber vuelto a la casilla de salida, a como era cuando empezaron a salir juntos. Entonces se veían poco, pero congeniaban de tal forma que lo pasaban genial. Ahora es un poco así, como si hubiesen perdido un punto de su intimidad espiritual, casi como si no viviesen en el mismo espacio pese a lo reducido del estudio. Esta sensación de ausencia se desvanece rápidamente al entrar en la cocina y encontrarla invadida por sus propios cachivaches de trabajo. Ahí está la prueba de que viven juntos. Él prefiere la habitación para trabajar, pero ahora la reina es Corina. Es lo lógico, pues allí está el televisor y allí se descansa. Si todo va bien, buscarán un apartamento más grande en cuanto el LHC sea puesto de nuevo en marcha.

Ian coge una manzana. Está Corina, hay fruta; no está Corina, no hay fruta. He aquí otra prueba irrefutable de que están juntos. La observa con atención mientras le quita la etiqueta y la lava con jabón. Newton, Adán y Eva...; esa simple fruta tiene mucha simbología. Le da un bocado y la saborea mientras se dirige a la habitación. Ahora es su generación la que, mediante el LHC del CERN, quiere dar un nuevo bocado al árbol de la ciencia, y esta vez en sus mismas raíces. Sonríe y la deja sobre la mesa con la marca del mordisco.

Esperará un rato a Corina antes de cenar. Se sienta y le da un segundo bocado para emular el logo del gigante tecnológico Apqle. Luego abre el cajón para coger el mando del televisor. Ahí también está el imán con las limaduras pegadas, y más al fondo el joyero. Lo pone encima de la mesa y lo hace girar entre los dedos, sin llegar a abrirlo.

Un fuerte timbre le sobresalta. No es la melodía de su móvil. Se pone en pie y busca el origen. En la parte inferior de la mesita de noche hay un teléfono fijo. Ni siquiera recordaba que estaba allí y, por supuesto, desconoce el número. Quizá Corina sí lo sepa y se haya quedado sin batería en el móvil o lo haya dejado olvidado en algún sitio, algo habitual en ella.

Descuelga.

—¿Sí?

—Hola, Ian. —Reconoce de inmediato la voz. Hacía años que no la oía y estaba convencido de que no volvería a hacerlo—. Solo quería felicitarte por tu puesto en el CERN. Es lo que siempre hemos querido. Mi más sincera enhorabuena, hijo.

¿«Hemos»? Su padre tiene un don: aparecer en los buenos momentos y desaparecer en los tiempos no tan favorables. Le sorprende que esté al corriente de su trabajo en el CERN, pero todavía le sorprende más que haya conseguido el número de teléfono del apartamento que ni él mismo conoce.

—Sé que hace tiempo que no hablamos. Espero que podamos hacerlo más a menudo a partir de ahora. —Ian está enfadado. Terriblemente enfadado. Aunque también está contento. Querría decirle muchas cosas, pero esa lucha interna impide que le salga la voz—. No quiero molestarte, hijo, supongo que estarás muy ocupado. Ya hablaremos pronto.

La comunicación se corta e Ian permanece unos segundos con el auricular pegado a la oreja como un estúpido. Ha sido una conversación de ochenta segundos —los ha contado mentalmente para mantener la calma al reconocer la voz de su padre—, y en esos ochenta segundos únicamente ha dicho «¿Sí?». Le asaltan varios recuerdos de la infancia, la mayoría de ellos tristes. Inevitablemente asocia infancia a soledad. Tuvo que luchar solo, como lo sigue haciendo ahora.

Cuelga el teléfono y se sienta en la cama. Sube el volumen del televisor. Es un programa malo, el típico *reality* trucado en el que un grupo de actores pretende mostrarse como gente corriente en su actividad diaria. Los detesta, pero no quiere pensar en nada. Su novia no tarda en llegar.

—Ya estoy aquí, cariño. —Corina se acerca por detrás a la cama y apoya despreocupadamente sobre su hombro una mano con cuidadas uñas y desaparecido aroma. Con la otra le hace cosquillas alrededor de la oreja—. Prepara el cine que voy a hacer unas palomitas de las que a ti te gustan.

Se refiere a las dulces. Llevan algo más de tiempo, pero están buenísimas. Agradece el gesto.

—Recuérdamelo —dice Corina desde la cocina—. Medio vaso de aceite, medio de azúcar de caña, medio de agua y medio de...

—Anís.

—Claro... Anís. ¿Puedes ayudarme? La botella está en el estante de arriba.

Ian va a la cocina. La abraza por la cintura y trata de levantarla. Ambos, entre risas, acaban por caer al suelo. Ian se levanta y le tiende la mano, pero ella, en vez de cogerla, esconde la suya bajo la manga y se la sujeta con la otra fingiendo dolor. Ian sonríe, se alegra de que no esté dolorida. Se aclara la voz y hace la imitación de Darth Vader que tanto le gusta a ella.

—No, yo soy tu padre. —Corina le mira fijamente unos segundos. Algo ha cambiado en su expresión—. ¿Te encuentras bien? ¿Te has hecho daño?

—Tranquilo, estoy perfectamente.

Corina se pone en pie y termina de hacer las palomitas en silencio. Parece concentrada. Ian la deja hacer y vuelve a la habitación. Ella no tarda en sentarse a su lado en la cama con las piernas cruzadas.

—¿Es cierto que con el LHC se intentan crear materia oscura, agujeros negros y portales a otras dimensiones?

—Sabes que sí. Un agujero negro podría ser un portal a otra dimensión.

—Es fascinante —asevera con voz soñadora—. ¿Hay alguna evidencia que no haya transcendido? ¿Habéis abierto un portal tipo *Stargate*?

—Nada que yo sepa. Supongo que tendremos que esperar hasta las nuevas mediciones. Pero en caso de conseguirse sería a nivel subatómico, nada de *Stargate*.

—¿Cuál es exactamente tu papel en todo ese embrollo?

—¿Mi papel? También lo sabes a la perfección. Soy el responsable de que, en caso de que se produzca alguno de esos descubrimientos que has nombrado, seamos capaces de detectarlos.

—¿Funcionará lo que planteaste en tu tesis? Todavía te recuerdo cuando la expusiste; eras casi un niño, pero con más determinación que miedo o vergüenza.

—Funcionará —afirma Ian con más seguridad que la que en verdad tiene.

—Claro que funcionará —ratifica ella. Le da un beso y le pasa una palomita que sujetaba con los labios.

Se ríen. Comen un poco mientras rememoran aquel primer encuentro. De pronto, ella se pone en pie sobre la cama, le mira a los ojos y dice con tono grandilocuente:

—Entrelazados, profesor Hide, 2027.

Ian la observa con curiosidad mientras ella hace una reverencia, como un mago tras invocar un conjuro en su espectáculo.

—¿Te dicen algo estas palabras?

—Absolutamente nada. ¿Deberían?

—Ni idea —responde ella, volviendo a las risas—. ¿Podrías hacerme un favor?

—Claro.

—Un favor sin preguntas —insiste Corina.

—Claro.

—¿Podrías preguntarle al doctor Herman Hahn sobre esas palabras?

Ian la atraviesa con la mirada. ¿A qué viene eso?

—No es tan sencillo. Apenas estoy con él en privado y, cuando estamos solos, él habla y yo escucho.

—Tú solo nómbraselas. ¿Lo harás por mí?

HERMAN HAHN

Entrelazados
Ginebra, 19 de febrero, 17.00

28

Han sido dos semanas de trabajo intenso. Queda muy poco para la puesta en marcha del Gran Colisionador de Hadrones después de estos dos largos años de paréntesis. Se han hecho varias actualizaciones y mejoras. Todo tiene que estar perfecto. Necesitan más colisiones y mayor energía para intentar probar la existencia de nuevas partículas más masivas y confirmar teorías como la supersimetría o la teoría de cuerdas.

Han conseguido renovar los presupuestos sin apenas recortes, pero si hubiese algún fallo en la puesta en marcha, todo podría saltar por los aires, más aún en estos momentos de incertidumbre en la economía mundial.

Herman Hahn está preparando las directrices que hay que seguir en las nuevas colisiones que se producirán al ponerse en marcha el LHC. Ha estado supervisando en persona todas las fases, desde la introducción de las partículas hasta las colisiones en los dos principales experimentos del LHC y el tránsito de aquellas por los diversos aceleradores. Todo está calculado al milímetro.

También tiene listo el nuevo sistema informático de procesamiento y filtrado que cribará los datos recibidos de esos miles de millones de colisiones. Su objetivo es lograr confirmar los indicios que ya se detectaron antes del parón del LHC con la precisión requerida para que sea algo real. Si lo consigue, bien podría valer un premio Nobel y ser un reconocimiento a toda su carrera. Rápidamente se desdice en su fuero interno. Esos galardones le valen a gente como el señor Waas; él no necesita el reconocimiento público, o eso quiere creer. Saciar el ansia de conocimiento es un premio más que suficiente.

29

Herman apaga el ordenador y se marcha a su apartamento. Llega antes de lo habitual y se lo reprocha, pues hará que la pérdida de tiempo de trabajo sea mayor. Aunque no quiera reconocerlo, está impaciente por reunirse de nuevo con la audaz mujer que sustituyó a la señorita Béla. Por desgracia, la denodada científica no apareció en las dos citas posteriores a su visita. Acudió de nuevo la joven Béla, como lo ha estado haciendo las últimas semanas, encadenando el complejo concierto de «25 min/25 week» que tiene contratado. Por supuesto, el doctor se ha cuidado mucho de preguntarle por la otra mujer o mostrar el más mínimo interés en ella.

Herman se ducha, prepara la bandeja de plata con el whisky, el caramelo y el dinero, y espera. Nunca ha esperado por una mujer y ahora lo está haciendo. ¿Cuánto tiempo le va a conceder?

Suena el timbre puntual. Abre. La mujer entra hasta la habitación sin mediar palabra. Herman siente un cosquilleo. La sigue y se acomoda en la cama. Lleva un vestido negro más discreto. Menos provocativo. La mujer se coloca frente a él con las piernas ligeramente separadas y los brazos en jarras.

—¿De verdad es necesario? —pregunta, casi desafiante.

Herman no contesta y permanece quieto. No ha cogido el vaso. No quiere que le vuelva a temblar en la mano.

Ella, sin perder el contacto visual, se desabrocha lentamente la cremallera lateral y se baja el vestido hasta los tobillos. La ropa interior es roja, como él mismo le había pedido.

—Creí que usted era diferente —afirma con cierto desengaño—. Tan cerca de algo grandioso y usted, como todos los hombres, la mitad del tiempo pensando en el sexo. Cuánto tiempo desperdiciado por un acto tan primitivo —se lamenta con resignación.

—Mire el lado positivo, señorita. Como ya le dije, si usted fuera un hombre no estaría aquí. Y no olvide que, nos guste o no, el sexo es lo que hace girar al mundo y que en la mujer se concentra el deseo. En mi caso particular, dedico un tiempo muy limitado. Veinticinco minutos a la semana, para ser exacto. Aunque reconozco que, en cualquier caso, es una pérdida de tiempo.

—¡Ja! —exclama ella, airada—. ¿Acaso quiere decir que si en un árbol muy alto hay una manzana, y un idiota, en su ansia de poseerla, se pasa meses mirándola e ingeniando mil maneras para hacerse con ella, la culpa es de la manzana y no del hombre por no reprimirse y conformarse con una pera?

Herman se sorprende sonriendo.

—Hace poco le puse un ejemplo similar a un colega, aunque con un significado bien diferente. ¿Quiere que hablemos sobre variedades de fruta los veinte minutos que nos quedan?

La mujer termina de quitarse el vestido, no con tanta facilidad como lo haría la joven Béla. Esto le excita. Lo aparta de una patada y lo deja en el suelo. Da un paso hacia él.

—¿Es ya suficiente o necesita algo más?

—¿Cómo sé que no es usted una catastrofista o una periodista que correrá a publicar lo que tratemos hoy aquí?

La mujer se dirige a la pizarra. La estudia unos segundos y luego le mira con aceptación. Herman ha completado lo que dejó a medias. Ella borra una parte y hace un cambio sutil.

—¿Cuántas periodistas encontrarían su torpe trampa? ¿Satisfecho?

Herman asiente, dolido y orgulloso a la vez.

—Es usted una mujer inteligente y capaz. ¿Por qué se presta a esta situación?

—El tiempo. Tengo claras mis prioridades. ¿Las tiene usted, doctor?

La mujer reinicia la pizarra y vuelve a escribir.

—Catorce minutos —le recuerda Herman con cierta insolencia.

—He leído varios artículos suyos. Es usted un entusiasta de la supersimetría y, por ende, de la teoría de las supercuerdas.

—Así es. Por el momento, la teoría de cuerdas es la que mejor explicaría lo que muchos intuimos, pero hay que ser muy prudente. Hasta que se demuestre que es cierta no tenemos nada. Nada. —Hace una pausa y añade—: Le ruego que vuelva a ponerse el vestido y que dejemos de andarnos por las ramas de ese árbol suyo. Es el momento de zanjar este asunto y exponer con claridad adónde quiere llegar.

—Tranquilo, doctor. Su cita será satisfecha, y a tiempo. No castigue por esto a madame ni a Béla y siga mirando.

La mujer se gira y vuelve a centrar su atención en la pizarra. Herman, algo molesto, consulta la hora y la deja hacer. Pasan los minutos y empieza a sentirse ninguneado e incómodo. Cuando la mujer, de la que desconoce hasta el nombre, se dispone a decir algo, el doctor, obviamente ofendido, la interrumpe con un gesto de mano.

—Se acabó el tiempo.

—Basta de juegos, doctor Hahn. Necesito acceso a los datos que se recogen en el experimento del LHC.

—Así que es eso... Sabe perfectamente que, aunque quisiera, no se me permite compartir dicha información.

—¿Y si están mirando sin ver? ¿Y si están buscando en el lugar equivocado? ¿Y si la respuesta está ante sus narices y no la pueden ver?

—¿Qué pretende demostrar, señorita? ¿Qué es eso tan grande?

—Dos partículas entrelazadas. Está de acuerdo en que lo que le ocurre a una le sucede a la otra de forma inmediata. Es un hecho probado. Se ha demostrado en el agua, en el espacio... —El doctor asiente—. Ahora imagine que la supersimetría es real. Imagine que existen dimensiones adicionales como predice la teoría de cuerdas, la que usted mismo intenta demostrar con su caro juguete. —La mujer no le da tregua con la mirada—. Ahora imagine que una de las dos partículas entrelazadas se encuentra aquí y la otra, en otra dimensión. —Silencio. La mujer le sostiene la mirada—. ¿Seguirían entrelazadas? —Otra vez silencio. Herman no se atreve a responder. Ni siquiera está seguro de haber asentido—. ¿Lo que le ocurra a una le ocurrirá a la otra?

Otra vez silencio. Es un planteamiento interesante, y si Herman respondiese, no le quedaría otra que admitir que, en ese supuesto, lo que afirma la mujer es cierto. Pero es demasiado orgulloso y prefiere contraatacar.

—Y dígame, señorita..., ¿cómo pretende conseguir eso? ¿Cómo pretende pasar una de las partículas entrelazadas al otro lado?

—Yo no. ¡Lo hará usted!

—¿Yo?

La mujer tarda unos segundos en explicarse.

—¿Y si ustedes ya lo han hecho mediante las colisiones llevadas a cabo en el acelerador? Estoy segura de que recordará las desviaciones obtenidas en 2016...

—Serían microportales...

—¡Exacto! Microportales capaces de tragarse una partícula subatómica, ¿verdad?

—Pero...

—Creo que se ha agotado el tiempo, doctor. —Esta vez es ella la que le interrumpe. Se pone el vestido victoriosa y saca del bolso una tarjeta y una libreta que deja sobre la bandeja—. Si me llama seguiremos charlando —dice antes de salir de la habitación.

Herman Hahn se enfada.

—¡No olvide el dinero! —grita justo antes de oír que se abre la puerta principal.

Oye pasos. La mujer vuelve a la habitación. Le clava la mirada un instante y luego se acerca hasta la bandeja y vacía el vaso de whisky sobre el dinero.

—No volveré, doctor Hahn. Ha llegado el momento de tragarse su ego.

2027
(Seis años después)

HERMAN HAHN

Supersimetría
Tokio, 5 de marzo, 20.25

30

El presentador vuelve a la carga con una nueva pregunta:

—¿En qué consiste la teoría del todo y por qué la defiende?

—Sería hermoso conseguir formular una teoría que fuera capaz de unificar todas las interacciones fundamentales de la naturaleza, que se considera que son cuatro: la gravitación, la fuerza nuclear fuerte, la fuerza nuclear débil y la electromagnética. Yo, personalmente, tengo la convicción de que esto se logrará algún día, pues al inicio de todo, en la explosión inicial, las cuatro fuerzas eran una sola.

»La teoría del todo sería, por tanto, capaz de explicar y aunar todos los fenómenos físicos conocidos. La mayor dificultad a la hora de formular dicha teoría es armonizar correctamente leyes que gobiernan solo un reducido ámbito de la naturaleza y transformarlas en una única teoría que las explique en su totalidad, tanto en el mundo microscópico como en el macroscópico. Por ejemplo, las teorías aceptadas, como la de la mecánica cuántica y la de la relatividad general, son radicalmente diferentes en las descripciones del universo. Además, hasta la fecha parece imposible incorporar la gravedad al panorama cuántico y se muestra incompatible con las otras fuerzas fundamentales.

»Asimismo, la moderna cosmología requiere una fuerza inflacionaria, la energía oscura de la que ya hemos hablado.

—Y de ahí su pasión por la supersimetría.

—Efectivamente, la supersimetría parece plausible no solo por su «belleza» teórica, sino también por su naturalidad al producir grandes cantidades de materia oscura. Y, como he comentado, la inconsistencia entre la mecánica cuántica y la relatividad general implica que una de las dos debe ser reemplazada por una teoría que incorpore la gravedad cuántica, y la candidata principal a la teoría del todo en el momento actual es la teoría de supercuerdas, que incorpora supersimetría.

—Nos ha hablado de la belleza de la supersimetría y de

que la teoría de cuerdas podría ser una candidata a la teoría del todo, pero ¿podría explicarlas de forma sencilla?

—Para eso me han invitado. La supersimetría afirma que a cada clase de partícula conocida le corresponde una supercompañera. Por ejemplo, la partícula que lleva la luz, el fotón, tendría una compañera llamada «fotino». El gluino sería el compañero del gluon, que mantiene unidos a los quarks dentro de los protones y neutrones. Si esto fuese así, se completarían algunos espacios vacíos en el modelo actual de la física y serviría de base para unificar las fuerzas de la naturaleza.

»En el CERN trabajamos con ahínco para intentar dar con alguna de estas partículas supersimétricas, pero de momento no hemos encontrado una prueba irrefutable de su existencia. Esto nos lleva a suponer que las partículas supersimétricas son más pesadas de lo que se estimaba y que solo aparecerán con más energía de la que había disponible hasta ahora en las colisiones. Con la apertura del nuevo colisionador de Japón, muchos confiamos en hallar la primera evidencia de la supersimetría. El desafío es detectar el gluino, no directamente, eso no es posible, sino reconstruirlo a partir de sus restos tras las colisiones. Y estos restos, además, deberían contener una partícula más liviana y estable llamada «neutralino», la partícula que podría conformar la materia oscura. Sería algo fascinante.

—Fascinante —repite el entrevistador—. Tan fascinante que si esta transcendiese el nivel subatómico, podría dar lugar a muchas conjeturas también fascinantes. Mundos simétricos, universos simétricos... que están ahí, pero que no podemos ver ni tocar, ¿no le parece, doctor?

—Lo primero es demostrar su veracidad. Todo lo demás es fantasía y no ciencia. En cuanto a la teoría de cuerdas, consiste en un modelo fundamental de física teórica que básicamente asume que las partículas materiales son en realidad estados vibracionales de un objeto extendido más básico llamado «cuerda». Por ejemplo, un electrón no es un punto sin estructura interna y de dimensión cero, sino un amasijo de cuerdas minúsculas que vibran en un espacio-tiempo de más de tres dimensiones. Un punto solo puede moverse en un espacio tridimensional. Sin embargo una cuerda, además de moverse, puede oscilar de diferentes maneras. Si oscila de cierta forma, entonces subatómicamente veríamos un electrón; pero si oscila de otra manera, veríamos un fotón, o un quark, o cualquier otra partícula del modelo estándar. De hecho, el planteamiento matemático que subyace a esta teoría no funciona a menos que el universo tenga varias dimensiones.

»Actualmente ya no se habla de la teoría de cuerdas, se habla de la teoría de supercuerdas, que básicamente comprende cinco formulaciones alternativas de teorías de cuerdas combinadas y en la que se han introducido requerimientos de supersimetría; es decir, que es invariable bajo transformaciones de supersimetría. Esta teoría de supercuerdas, como he dicho al principio, sería la candidata para lograr explicar todas las partículas y fuerzas fundamentales de la naturaleza. Sería capaz de solucionar el principal problema de la física actual al lograr incorporar la fuerza de la gravedad, tal como la explica la teoría de la relatividad general, al resto de las fuerzas físicas ya unificadas. Aunque hay que dejar bien claro que la teoría dista mucho de estar acabada y perfilada. Es más, algunos colegas la consideran pseudociencia, ya que se trata de una teoría infalsable y puede ser constantemente adaptada para que los resultados experimentales se ajusten a ella.

IAN BLOM

Entrelazados
Ginebra, 20 de febrero, 7.03

31

Ian se despierta cincuenta y tres minutos antes de la alarma programada en el despertador. Corina no está a su lado. Tampoco en la cocina ni en el aseo. No le había avisado de que saldría tan temprano. Sesión de estiramientos, ducha y un vaso de leche caliente. Se asoma a la ventana mientras toma pequeños sorbos. Las farolas de la desértica avenida van perdiendo protagonismo con las primeras luces del alba.

Abre las ventanas. El aire, frío y puro, hace que disfrute más del aroma caliente de la taza de desayuno. Permanece allí hasta que se apaga el último par de farolas visibles desde el apartamento. Luego, se toma su obligada cucharada de aceite con dos gotas de limón y se sienta a la mesa de estudio.

Piensa en la extraña conversación de anoche con Corina mientras sus manos, casi de forma inconsciente, rebuscan en el interior del cajón para sacar el joyero. ¿Y si el anillo estuviese dentro? Juguetea con él. ¿Por qué no lo abre? ¿Qué le asusta? Sin duda teme que se confirmen los funestos presagios con que se ha levantado esa mañana. Tiene la espantosa sensación de volver a estar solo, habitando un mundo hueco, como si Corina no hubiese vuelto con él a Ginebra. Incapaz de enfrentarse a su contenido, devuelve la cajita al misterio de las profundidades del cajón.

«Entrelazados.» De las cuatro extrañas palabras que le dijo ayer su novia, esa es la que más rápido asoció, aunque se cuidó de comentar nada. Esa fue la única que quedó visible en su nota de despedida después de que la lluvia desdibujase las demás. No es una palabra común y es raro oírla dos veces en tan poco tiempo. Pero ¿qué sentido puede tener? No tarda en intentar borrar esa idea de su mente. Siempre se podría encontrar alguna relación con esas cuatro palabras. Por ejemplo, 2027 es el año en que, según predijo Nostradamus, tendrá lugar el segundo de los tres eclipses seguidos que antecederán al fin de los tiempos. Esta superchería la leyó no hace mucho en una web de dudoso prestigio científico. «Profesor Hide»; este nombre le cuesta un poco más asociarlo a algo conocido, aunque pronto lo relaciona con el protagonista de la novela de R. L. Stevenson, *El extraño caso del doctor Jekill y Mr. Hyde*. Cuando la leyó le llamó la atención precisamente ese nombre, «Oculto», pues eso significa al cambiar la «y» por la «i».

Muy apropiado. Recuerda que en su día estuvo investigando y descubrió que el autor escogió el título jugando con los idiomas para descomponer los nombres y buscarles el significado oportuno, de forma que, sin necesidad de ser psiquiatra, cualquiera pudiera descubrir el corazón de la trama.

Al igual que acaba de hacer él, cualquier persona podría establecer una relación con las palabras de Corina o cualesquiera otras. Ian se enreda en un galimatías probabilístico pensando en coincidencias, predicciones, casualidades y causalidades, posiblemente con el único objetivo de evitar pensar en el extraño comportamiento de Corina desde que apareció en Ginebra. Mejor dicho, para no enfrentarse a él. Y lo retrasará una vez más. Es la hora del tranvía y sale del apartamento, dejando encerradas en su vacío dudas e inquietudes.

Hoy no sube su compañero Javier Gil. Es la primera vez que falta. Mira hacia el final de la avenida convencido de que aparecerá corriendo, pero no es así. Las puertas se cierran y el tranvía se pone en marcha. ¿Lo habrá perdido? Tiene pendiente preguntarle por qué ayer fingió no conocerle durante su visita al Centro de Computación. Agradece no tener que enfrentarse al momento de buscar la forma de sacar el tema.

Al llegar al CERN, va directamente al despacho del doctor Hahn. No ha vuelto a ir desde los primeros días y la «casualidad» —sonríe para sus adentros— ha querido que le cite justo a la mañana siguiente de que Corina le pidie-

se el extraño favor de nombrarle cuatro palabras. Pero...
¿qué pueden significar? ¿Y por qué quiere que se las diga
precisamente a Herman Hahn? Todo esto no tiene ningún
sentido para él, pero intentará dejarlas caer. Tampoco puede ser tan difícil.

32

Ian sale inquieto del despacho. Las enigmáticas palabras de
Corina han causado efecto en el doctor Hahn, aunque haya
tratado de disimularlo. ¿Quién será el tal profesor Hide? Si
es cierto que únicamente el propio Herman Hahn conocía
ese apodo, ¿cómo aparece en labios de Corina? Ian, además, se recrimina haberla encubierto. ¿Por qué no le ha
contado con naturalidad que esas palabras se las ha dicho
su novia? El doctor podría perder la confianza en él si des-
cubriese su inexplicable juego.

Hay mucho trabajo que hacer y estos días son clave.
Queda muy poco para la puesta en marcha del LHC y no
quiere que esas frivolidades afecten a su rendimiento, así
que Ian procura apartar de su mente todas estas preguntas
descabelladas y centrarse en el trabajo. Cuando vuelva a
casa le preguntará a Corina por el origen y el significado de
tales palabras y por la no menos extraña petición de que se
las transmitiera al doctor Hahn. O por lo menos lo inten-

tará, habida cuenta de que le cuesta propiciar ese tipo de conversaciones. De cualquier forma, no piensa dedicarle ni un minuto más de su tiempo.

Ian Blom dedica gran parte de la mañana a visitar los cuatro aceleradores de la cadena previos al LHC. Su tarea es comparar el estado en el que se encuentran con las previsiones del doctor Hahn y confirmar que realmente están preparados para la puesta en funcionamiento. También debe trasladar ciertas instrucciones a los responsables, recoger datos y redactar algunos informes.

Todo parece estar en orden.

Su siguiente tarea consistía en bajar a los dos detectores principales del LHC, el ATLAS y el CMS, pero la pospone para dirigirse a la Sala de Control Central y comprobar los sistemas de seguridad. Le preocupa lo que le acaba de contar el doctor en la breve entrevista que han mantenido en su despacho. ¿Realmente podría haber sabotajes?

Ya en la sala se acerca a la isla desde la que se controla el LHC. Revisa con los compañeros todas las cámaras de los túneles para cerciorarse de que están en funcionamiento. También comprueban las que hay en las salas de los detectores. Les pregunta si han notado algo inusual en las últimas semanas. Su cara de sorpresa es suficiente respuesta.

Les pide que amplíen la imagen del detector CMS. En estos momentos hay nueve operarios trabajando. Todo parece en orden, pero a Ian le gustaría tener acceso desde su móvil a todas las cámaras de vigilancia para hacer un seguimiento las veinticuatro horas del día hasta que llegue el momento de la puesta en marcha del acelerador. ¿Cómo podría hacerlo? Sale del edificio y se dirige directamente al Centro de Computación.

Javier Gil está en su puesto. No aparta la vista de los monitores, aunque es evidente que está al corriente de su presencia. Se acerca y le toca en el hombro. Solo entonces le mira. Hay más miradas puestas en ellos.

—Acompáñame, por favor.

Javier Gil se lo piensa unos segundos antes de seguirle.

—¿Dónde está la cafetería?

El informático señala un pasillo. Hay una en casi todos los edificios. Muchos trabajadores del CERN son verdaderos adictos a la cafeína.

—No conviene que nos vean juntos —susurra Javier.

—¿Y eso por qué?

Es la pregunta que le hubiese gustado hacerle desde que le ignoró en su anterior visita a estas mismas instalaciones.

—Dentro del CERN prefiero relaciones estrictamente profesionales.

Ian no insiste. Incluso le parece razonable; a buen seguro tendrán que colaborar en un futuro próximo y podría dar pie a situaciones incómodas o mal vistas por el resto de los compañeros. Se sientan en la cafetería sin pedir nada. Ian vuelve a tomar la palabra.

—Necesito tu ayuda. Es muy importante y absolutamente confidencial. ¿Sería posible tener acceso desde mi móvil a las cámaras de vigilancia de los túneles del LHC?

Javier le mira con sorpresa.

—No tengo acceso a las cámaras. Tendrás que pedir autorización y llevará tiempo.

—¿No habría alguna manera de conseguirlo hoy mismo?

—¿Hoy? —Javier levanta las cejas, sonriente. El semblante le cambia cuando se da cuenta de que Ian no bromea. Reflexiona durante unos instantes y responde—: Solo se me ocurre una manera. Si me consigues acceso a la consola de la Sala de Control, podría instalar un programa que te permita conectar en remoto el teléfono al ordenador y ver lo que hay en las pantallas.

—¿Es sencillo?

—Bastante.

—Entonces hagámoslo ahora.

Ian, a petición de Javier, le espera allí hasta que vuelve con una memoria USB. Luego se dirigen a la Sala de Control Central. Acceden con la identificación de Ian y este exhibe una hoja impresa como si fuese un aviso y pide a los compañeros que están trabajando en la monitorización del LHC que se retiren de los ordenadores, recordándoles el inexistente comunicado interno de que se van a realizar unas tareas de mantenimiento de los equipos. Todos se miran entre sí sorprendidos, pero nadie se atreve a decir que no estaba al corriente. No le ponen ninguna traba, incluso agradecen el descanso y al cabo de unos minutos hasta se conceden una visita a la cafetería. Todos saben que lidera el equipo de calibración de los principales detectores del colisionador y que es quien manda. Ian se justifica a sí mismo asegurándose de que informará más adelante al doctor Hahn de su decisión de vigilar personalmente las cámaras. Sin duda le parecerá una iniciativa acertada, pues hace unas horas ha sido el mismo doctor quien le ha dicho que tienen que ser cuidadosos y extremar las medidas de seguridad.

Javier Gil se sienta frente a las dos filas de monitores con forma de semicírculo. Conecta el USB a una de las torres, instala un programa y pone en marcha un servicio en segundo plano para ocultarlo. Luego pide a Ian el teléfono móvil para instalarle una aplicación que sincroniza con el ordenador. Ian comprueba que funciona, que es discreto y que incluso puede seleccionar con el puntero del ratón la cámara que le interese. Misión cumplida.

Ian agradece la rapidez y la eficacia a Javier Gil, quien enseguida se despide alegando que va hasta arriba de trabajo. Así pues, Ian se dirige de nuevo al restaurante. «Te debo una, Javier», piensa mientras apoya el móvil contra el recipiente de las servilletas para no quitarle ojo mientras se dispone a tomar un menú vegano. Consciente de la ínfima probabilidad de que justo en ese instante ocurra algo anómalo, se imagina con Corina analizando la casualidad o causalidad que lo provocase. De cualquier forma, no puede dejar de mirarlo.

Los túneles están vacíos y en las salas de los detectores siguen trabajando algunos operarios con el casco blanco y el mono azul característicos. Para llegar a las capas superiores de los detectores usan grúas elevadoras. Pasados unos minutos, los trabajadores del detector CMS se retiran para comer, aunque al fijarse bien observa que todavía queda uno. Ian no le da especial importancia. Se termina el *apfelstrudel* y sale a dar un paseo por el campus, siempre atento al móvil. Observa cómo algunos operarios se reincorporan a sus puestos.

Entra en su despacho y cierra la puerta con llave. No espera a nadie y nadie va a entrar porque es privado, pero así se siente más aislado y concentrado. Es un cuarto pequeño y funcional que le asignaron hace seis días, todo un privilegio para un recién llegado como él. Desbloquea el ordenador, y gracias a sus credenciales puede consultar los turnos y las tareas pendientes de los operarios del CMS. Todavía quedan tres horas para el siguiente descanso, así que tratará de no mirar el móvil hasta entonces y centrarse en lo suyo. Lo consigue a medias. A las tres horas vuelve a suceder lo mismo. Se marchan todos los trabajadores excepto uno. En ambas ocasiones, el operario cambia de lugar de trabajo cuando se queda solo. No puede distinguir si es el mismo del turno anterior. El control de turnos no lo especifica, pero puede ser que por norma siempre se quede alguien, y el aviso de un posible sabotaje que le ha dado Herman Hahn le haga ver a buen seguro complots donde no los hay. De cualquier modo, esperará hasta última hora para ver qué sucede.

Comprueba con cierta sorpresa que ocurre exactamente lo mismo. Se marchan todos menos uno. Ha verificado que tras la jornada no hay horas extra programadas. Ian se dirige al edificio que alberga el detector sin quitar ojo al móvil. En estos momentos le preocupa más una posible incidencia en el detector que precise de este trabajo extra que el hipotético ataque. Entra en el edificio y deja sus cosas en la taquilla Níquel. Se pone el casco y se encuentra con Denis mientras se dirige al ascensor. Le sorprende verlo allí a esas horas.

—¿Qué le trae por aquí? ¿Hay algún problema?

—Solo será un momento. Quiero comprobar una cosa.

Repite su manida broma justo antes de que se cierren las puertas e Ian inicia el descenso.

—Recuerde: si hay una emergencia, use el ascensor.

Ahí abajo solo están el operario, él y la grandiosa máquina cuya sección se asemeja a un gigantesco ojo. El operario trabaja en la capa superior.

—¡Disculpe! —grita Ian.

El trabajador se sobresalta al oírlo y, tras un instante de indecisión, se descuelga de una capa a otra sin usar la grúa y sin arneses. Lo que acaba de hacer es muy peligroso. Como Ian se interpone entre él y la única salida, el trabajador desaparece por el túnel del acelerador. Ian lo sigue casi dos mil pasos caminando por el estrecho pasillo que hay junto al tubo azul que ocupa el centro. La iluminación superior está apagada y se guía por las luces de emergencia laterales que hay cada cinco metros a la altura de la cabeza, y que solo permiten ver su propio halo. Se detiene al golpearse con un extintor invisible que sobresale de la pared. Aguza los sentidos, pero no puede ver al trabajador huido ni oír sus pasos. El teléfono no tiene cobertura y no puede acceder a las cámaras de los túneles. No tiene sentido prolongar la persecución, así que desiste y regresa a tientas y frotándose el hombro a la sala del detector. Usa una grúa móvil para elevarse hasta el lugar donde trabajaba el hombre que acaba de escapar. Descubre que está haciendo modificaciones en la penúltima capa. Discretas, pero no lo suficiente para sus ojos expertos. Ian quita una de las pequeñas placas añadidas. Resulta evidente que aquello no es trabajo de un día. Debe de llevar varias semanas haciéndolo.

Lo más razonable sería informar de inmediato al doctor Hahn, pero decide no hacerlo. Se oculta y se queda vigilando la boca de los túneles y la entrada durante veinte minutos más. Ni rastro del operario. Finalmente se marcha.

33

Ian llega tarde al apartamento debido a su extraña e infructuosa persecución. Encuentra a Corina tumbada en la cama con la cara contra la almohada, sollozando.

—¿Ocurre algo?

Ella tarda unos segundos en serenarse y se sienta con las piernas cruzadas sobre la cama.

—Siempre me has contado lo duro que fue para ti crecer sin madre y con un padre que nunca estaba en casa... Y sé que todavía debe de serlo... Yo siempre he tenido a dos científicos interpretando su papel de padres a mi alrededor. Hasta que cumplí los dieciocho, cuando no estaban de viaje, volvían puntuales a casa antes de que anocheciese y vivíamos los tres juntos. Incluso pasábamos los fines de semana en familia. Estaban conmigo en cuerpo, pero sus mentes siempre se encontraban en otro lugar, en el laboratorio, impartiendo clases o dando conferencias, donde les gustaba estar. Lo realmente difícil era mi comunicación con ellos. Me crie tratando de llamar su atención, compitiendo con partículas microscópicas, teorías y genios abstractos para que me dedicaran algo de su tiempo. Y eso era muy difícil. Ellos atendían sin falta las necesidades físicas de su hija, pero dejaban de lado las afectivas... Quise aprender física con la esperanza de dejar de ser invisible... Y su respuesta fue magnífica: internarme en Exeter. Se quitaron de encima un estorbo y una pérdida de tiempo, tal vez lo único que tenían como pareja. Solo dejaban de ignorarse cuando hablaban de trabajo... Tú lo sabes bien... Era absolutamente frustrante sentirse tan poco importante cuando ellos eran el centro del universo para el mundo y para mí... Sentir que los tenía delante, al alcance de la mano, pero sin poder tocarlos.

»Mi madre es miembro de la Sociedad Phi Beta Kappa. Es una idealista del espíritu igualitario y una defensora incansable de sus causas. Estudió con la doctora Wu en Wisconsin-Madison y colaboró en sus investigaciones en el mismísimo CERN. Es una persona admirada y respetada. En su facultad fundó su propia Greek mixta, donde conoció a mi padre. Su tiempo se reparte entre la ciencia, el activismo, la investigación y la familia, en ese orden. No sé si eso pudo influir en que mi padre también estuviese tan obsesionado con el trabajo. De él llegué a pensar que se estaba volviendo loco... Un buen día se marchó sin más. No tuvo unas palabras de despedida para su mujer o para su hija, quizá porque apenas coincidíamos en casa. Mi madre lo sintió, pero no le costó mucho aceptarlo. Yo, por aquel entonces, era una joven obstinada. Creí que mi enfado con él por abandonarnos era superior al vacío emocional que había dejado en mí, pero me equivocaba... Poco después de que se marchase, acabé los estudios y volví a casa... Quise, en venganza, alejarme de la ciencia. Y bien sabes que lo intenté, pues esto sucedió poco después de que aparecieses tú. Pero no puedo luchar contra la inquietud por aprender que me inculcaron. Nuestro París me hizo mucho bien. Fueron los mejores cursos de mi vida. Por primera vez me sentía querida... —Ian, impaciente por entender algo, ve que hace una pausa para enjugarse concienzudamente los ojos y la nariz arrimándose al borde de su falda—: No quiero que nos suceda lo que a ellos. Ian, tengo miedo. ¿Y si tuviésemos un hijo? También sería una molestia para nuestras carreras. ¿Seríamos capaces de darle amor? El amor que tú y yo sabemos que nos falta.

—¿Por eso te marchaste en París?

—¿Marcharme? —responde Corina con sorpresa, como

si no comprendiese la pregunta—. Yo nunca me he marchado. Yo jamás haría como mi padre.

—Entonces...

Corina evita aclarar el motivo de su inesperada despedida en París y vuelve al pasado.

—Me distancié de mi madre. La dejé que se volcara en sus pasiones y creo que lo agradeció. Nuestra relación se limitó a una o dos conversaciones telefónicas por semana, seguramente el tiempo que, desde un punto de vista racional, es suficiente que una madre dedique a una hija ya de mi edad. —Hace otra pausa y le mira fijamente—. No hace mucho vino a París.

—¿Tu madre?

Corina asiente.

—Se presentó por sorpresa. Me dijo que me echaba de menos y que necesitaba verme. Algo nuevo para mí.

—No me dijiste nada...

A Ian le viene a la cabeza la reciente llamada de su padre. Le gustaría preguntar a Corina si ha tenido algo que ver, pero no la interrumpe. También da por hecho que las semanas que desapareció en París fueron para estar con su madre. Ahí tiene la respuesta. Pero ¿por qué no le dijo nada? ¿Por qué aquella nota de despedida?

—Sin embargo, no quería verme a mí —continúa Corina—. Fueron otra vez la ciencia y sus teorías lo que la llevaron a buscarme. Le dije que me alegraba de verla, pero que no podía ayudarla. Nos despedimos, pero ella no se marchó. Puede ser muy convincente si se lo propone. Me prometió un puesto de trabajo para alguien muy querido para mí. Mi propia madre me hacía chantaje y, como no podía ser de otra forma, se salió con la suya.

—¿Por qué me lo cuentas ahora?

Ian está desconcertado. ¿Se referirá a él en lo tocante al puesto de trabajo? ¿A su nuevo trabajo en el CERN?

—Porque quiero presentártela.

—¿A tu madre? ¿Está aquí?

Corina asiente.

—¿Cuándo?

—Ahora. Hemos quedado para vernos con ella y ya llegamos tarde.

Ian no sabe cómo digerir lo que acaba de contarle su novia. Está atrapado sin remedio y eso significa renunciar a sus planes de trabajar en casa y vigilar los túneles y los detectores.

Salen del estudio sin que le dé tiempo a ducharse. Caminan al amparo de las dieciséis farolas que verá apagarse al amanecer. Para ser exactos, desde el apartamento solo verá apagarse diez. Corina no habla y avanza a un ritmo frenético. No se atisban en ella ni su carácter jovial ni sus lágrimas existenciales. Siguen casi a la carrera una ruta que ya conoce y que podría predecir. Es la misma por la que persiguió al encapuchado, cuando apenas sabía que se llamaba Javier Gil y que sería su compañero de trabajo. Según avanzan, su corazonada se va haciendo cada vez más real. Y, en efecto, entran en el mismo bistró en el que entró Javier. En la barra reconoce al mismo borracho que le hizo una extraña pregunta. ¿Cuál era? Había relegado aquel episodio a un segundo plano. Por fortuna, ahora está de espaldas y no los ve pasar hacia las mesas del fondo.

De las trece mesas solo hay una ocupada por una mujer relativamente joven y atractiva. La misma de la sala de espera del despacho del doctor Hahn. La misma que le invitó a la copa la otra noche, cuando siguió a Javier sin llevar encima nada de dinero. ¿Cómo podía ser la madre de Corina? Corina va directa hacia ella. La mujer se levanta.

—Madre, te presento a mi compañero, Ian Blom.

—Encantada de conocerle formalmente, joven artista. Yo soy la doctora Karen H. Wells.

—El placer es mío, doctora.

Ian es educado, pero en su interior bulle un torbellino de sentimientos. Empieza a creer lo que le dijo Javier Gil: «Nos han seleccionado para este trabajo porque tienen algo con lo que poder manipularnos». ¿Puede ser ese algo, en su caso, su novia Corina? ¿Está todo programado?

Se sientan y, sin mirar al solícito camarero que acude a atenderles, la mujer habla sin tapujos.

—En las últimas mediciones registradas antes de la parada del LHC se observó en dos detectores diferentes —«Sin duda se refiere al ATLAS y al CMS», piensa Ian— que, en determinados casos, una parte de las partículas generadas tras las colisiones desaparecían sin dejar rastro.

—¿Cómo puede saber eso? —pregunta Ian. Le viene a la mente el USB que le entregó Javier aquella noche. Pero no tiene sentido, su afirmación alude a un suceso muy anterior.

—Eso no importa. Si le pregunta a su excelso doctor Hahn, se lo confirmará. —Ian mira a Corina, quien le esquiva recogiendo con una sonrisa lo que trae el camarero—. Aquello puso contentos a algunos y muy nerviosos a otros. Se abría la posibilidad de haber creado, mediante las colisiones, un agujero negro, de haber creado materia oscura o incluso un portal a otra dimensión. Abría la puerta a la ansiada nueva física. A la supersimetría, a la teoría de cuerdas... La probabilidad de que esas mediciones no fueran un error estadístico era del sesenta por ciento en vez del noventa y nueve coma noventa y nueve por ciento que se requiere para hacer público un descubrimiento. Eso desató en el CERN una pugna entre dos criterios contrapuestos. Se enfrentaron el estricto Hahn, que quería esperar hasta recabar más datos con las futuras mejoras del colisionador, y su colega, el otro artífice del proyecto, que quería llevar a cabo otras pruebas críticas antes de que se desactivara la máquina.

»Yo, por aquel entonces, trabajaba en el Imperial College de Londres, en una posible aplicación de la teoría de cuerdas a la mecánica cuántica. Buscábamos una prueba empírica de que la teoría de cuerdas funciona y puede ser real. Estábamos realmente cerca de demostrarla de una forma diferente a como se hace aquí, en el CERN. —La mujer coge el Aperol Spritz y da un sorbo. Sabe que tiene la atención de Ian—. Nuestra intención era probar mediante experimentación nuestras predicciones sobre el entrelazamiento cuántico. Esto demostraría que la teoría de cuerdas sirve para predecir el comportamiento de los sistemas cuánticos entrelazados. El compañero del doctor Hahn...

—Supongo que se refiere al profesor Hide —la interrumpe Ian—. Muy apropiado el apodo, por cierto —añade ante el silencio que crean sus palabras.

—No comprendo.

—Así apodaba el doctor Hahn a su antiguo y desaparecido compañero.

Ian disfruta con la mueca que hace la doctora Wells. Disfruta con el hecho de saber algo que ella desconoce, aunque hubiese sido más prudente guardar silencio y escuchar. Se siente manipulado y esta pequeña victoria le anima. La doctora frunce el ceño y continúa.

—Pocos meses después logramos probar que la teoría de cuerdas, efectivamente, predice el comportamiento de partículas entrelazadas. No es algo definitivo, pero sí un gran paso adelante a su favor. Ahora sabemos que tiene una utilidad demostrada.

—¿Qué tiene que ver eso con el LHC, con el doctor Hahn y conmigo?

—Cuando se produce un entrelazamiento cuántico entre partículas, desde ese instante son la «misma» partícula. Aunque estén a miles de kilómetros, lo que ocurre en una influye automáticamente en la otra. Esto me dio una idea. En el acelerador de partículas se acababan de detectar sucesos anómalos tras determinadas colisiones.

Mi idea era intentar demostrar mediante experimentación que esos sucesos, esas desapariciones de partículas sin dejar rastro, apuntaban a un descubrimiento insospechado.

»Imagine lo siguiente. Tenemos dos partículas entrelazadas. Una de ellas queda en el acelerador y la otra desaparece y se va quién sabe adónde, quizá a otra dimensión. Mi teoría es que fuera adonde fuese esa otra partícula, las dos seguirían entrelazadas y lo que le ocurriese a una en un lado afectaría automáticamente a la del otro lado.

—Buscaba demostrar algún tipo de comunicación entre dimensiones. ¡Brillante! —exclama Ian dándose una palmada en la frente—. Pero esto sería a nivel subatómico o en dimensiones comprimidas...

—Eso es. Soy plenamente consciente de las limitaciones que conlleva. No se puede pasar información más rápido que la luz o la energía, como nos dice la teleportación cuántica. Sin embargo, sí podemos observar el *spin* de la partícula entrelazada que queda a nuestro lado, y también podemos suponer que al otro lado hay otras personas, que bien podrían ser otros yoes casi idénticos a nosotros mismos, que también observan el *spin* de la otra partícula, pero a la inversa. Sin vulnerar la luz como transferencia, podríamos intentar establecer algún tipo de comunicación que demostrase la existencia de dimensiones paralelas y confirmar el descubrimiento del LHC.

La mujer hace una pausa. Ian nota que ha cesado el ruido de fondo del local; los murmullos, las risas. Mira a su alrededor. Parece que todos los parroquianos están en silencio, como expectantes ante lo que va a decir. Hasta el vagabundo parece mirar hacia ellos. Pero no es así, y poco a poco vuelve el sonido ambiente. Ha debido de ser su concentración lo que ha silenciado todo lo demás. Ian da un respingo y la mujer reanuda la explicación.

—Y eso fue justo lo que hicimos a espaldas del doctor Hahn y de casi todo el personal del CERN. Fue un experimento no oficial. Provocamos colisiones que entrelazaban partículas, y en algunos casos, muy pocos, sus pares desaparecieron.

—¿Y qué ocurrió? —pregunta Ian sin poder disimular su interés.

—En la gran mayoría de las observaciones de los *spins* de las partículas entrelazadas que quedaron aquí, no ocurrió nada. Se comportaban de forma aleatoria, como predice la teoría. Pero en unos pocos casos no fue así. —La mujer perfora a Ian con la mirada—. Los movimientos de los *spins* seguían un patrón. O eso creímos. Necesitábamos más colisiones, necesitábamos pasar más partículas entrelazadas al otro lado para estar seguros. Pero, por desgracia, todo el proyecto se detuvo antes de lo previsto como consecuencia de un fallo en el LHC. Pudo ser intencionado. Al menos eso era lo que pensaba el antiguo compañero del doctor Hahn, ese al que llama «profesor Hide».

¿«Intencionado»? A Ian le resulta curioso que este bando también crea que pudo ser un sabotaje lo que propició la parada del acelerador.

—No creerán que el doctor Hahn saboteó el experimento, ¿verdad?

La mujer no se pronuncia. Simplemente continúa su exposición.

—Como he dicho, observamos miles de cambios de giro en los *spins* de las partículas entrelazadas que quedaban a este lado. Tradujimos los datos recabados en algo similar a un código binario para buscar un criterio reproducible o pronosticable. E insisto, la inmensa mayoría eran cadenas ininteligibles. Sin embargo... —Hace una nueva pausa—. En determinados casos sí que había un patrón. Los giros de los *spins* parecían querer decirnos algo. De ahí obtuvimos las palabras «entrelazados», «2027» y «profesor Hide», que mi hija, a petición mía, le transmitió la otra noche. No se me había ocurrido asociar el profesor Hide al antiguo compañero de Hahn, como ha hecho usted. Puede ser un avance... Necesitamos saber si tienen algún significado. ¿Comprende la importancia de lo que acabo de contar?

—La comprendo —afirma Ian, ahora más fascinado que enfadado—. Solo quedan unos días para activar de nuevo el acelerador. Quizá podamos comprobarlo entonces.

—Ese es el problema. El doctor Hahn y el CERN están buscando en el lugar equivocado. Los detectores que se están calibrando no buscan lo que deberían.

Ian se toca el bolsillo. Todavía tiene la placa que ha cogido en la sala del detector. La pone sobre la mesa.

La mujer la coge y asiente.

—Efectivamente, es justo lo que está pensando, joven artista. Por su pequeña aventura en los túneles nos encontramos aquí. Estamos preparándolo todo para reanudar de forma clandestina nuestro experimento alternativo, pero sus sospechas y las del doctor Hahn van a frustrarlo todo. Tenemos a gente en cada cadena del LHC y contamos con su amigo Javier Gil para conseguir las mediciones. Ahora le necesitamos a usted.

—Así que Javier tenía razón. Ustedes de alguna forma han conseguido que nos seleccionen para servirles en su propósito.

—No le voy a mentir. Hay gran parte de verdad en su afirmación. El que usted apoda «profesor Hide» todavía tiene a mucha gente leal en el CERN. Su marcha no fue una retirada, sino solo un movimiento táctico. Esto es mucho más importante que nuestro orgullo. Usted es científico y confío en que lo entenderá. No debe decirle nada al doctor Herman Hahn de esta reunión o del incidente con el operario en el detector CMS. Si lo hace, todo estará perdido.

—El doctor podría ayudar. ¿Por qué no se lo cuentan directamente?

—Créame cuando le digo que lo he intentado de todas las maneras posibles. Es un hombre orgulloso. No atiende a más razones que su enorme ego y mucho menos a otro punto de vista, máxime si proviene de una mujer.

—¿Por qué es tan importante, tan urgente?

El semblante de la doctora se torna grave.

—Considere las implicaciones de nuestra teoría, la posibilidad de que exista otro mundo similar a este, o varios, intentando comunicarse con nosotros. La información que nos han hecho llegar es muy diferente de un saludo o un lógico «podemos oírles». Eso está claro. La única razón que se me ocurre para no enviar un saludo es que se trate de una advertencia. Si fuera así, es crucial que intentemos reanudar la comunicación cuanto antes, y para ello solicito su ayuda. ¿Comprende la urgencia? Tiene que ayudarnos con el doctor y con su amigo Javier. Hasta el momento Javier no nos ha valido de nada. Nos proporciona datos inservibles o que ya teníamos. Sigue siendo leal al doctor Hahn, pero quizá a usted le haga más caso. —La mujer escribe algo en el móvil y, cuarenta segundos después, Javier entra en la tasca. ¿Estaría esperando fuera? Se sienta—. Ahora debemos ponernos todos de acuerdo y trabajar coordinados.

34

Ian y Corina vuelven a casa en silencio. El rótulo que ilumina los caracteres cirílicos de alguna iglesia ortodoxa es lo único que se distingue en la calle que atraviesan deprisa. No tardan en llegar a la avenida donde se alojan. En todo el bloque solo se distingue luz en su estudio por los destellos del televisor, que debe de haber quedado encendido con las prisas.

—Ian, siento haberte metido en esto —dice Corina al entrar en el apartamento.

—No lo sientas. No tenías alternativa.

La disculpa sin revelar sus sentimientos.

—¿No estás enfadado?

—Ahora mismo no sé cómo me siento, pero no estoy enfadado contigo.

El parte meteorológico anuncia inestabilidad a su espalda en la televisión.

—¿Ayudarás a mi madre?

—¿Tú quieres que lo haga?

—No creo que importe lo que yo quiera.

—Tampoco creo que importe lo que yo quiera.

—No digas eso.

Corina apaga el televisor y apoya suavemente las palmas de las manos en las mejillas de Ian, luego las deja resbalar hasta sus hombros. Aumenta la presión sobre ellos hasta que le obliga a sentarse en la cama y ella se pone a horcajadas sobre él.

—¿Es cierto que el doctor Hahn es un defensor de la supersimetría?

—Es cierto que intenta demostrarla. —Ian trata de incorporarse para responder, pero ella no le deja—. Pone todo su empeño en ello... Estoy convencido de que cree en ella, pero dudo que lo admitiera en público antes de tener pruebas irrefutables.

—¿Y si el doctor está en lo cierto y existe aun sin esas pruebas? ¿Y si mi madre también está en lo cierto y en el

CERN se han abierto microportales a otros mundos? ¿Te imaginas un mundo simétrico? Un mundo idéntico al nuestro que no podemos ver, pero que está ahí, al otro lado del espejo de Carroll. Que es real. Tan real como las partículas simétricas que no podemos ver y que muchos científicos dan por hecho que realmente existen. Las mismas partículas que tanto ansiáis encontrar en el CERN.

—No lo creo, Corina. ¿Un mundo simétrico? ¿Portales que nos conectan? Si esa teoría fuese cierta, sería solo a nivel de partículas subatómicas y con muchas limitaciones. Y es lo que le he dicho a tu madre.

A Ian le sorprende el interés de Corina por discutir de estos temas. Hace mucho tiempo que han dejado de hacerlo. Ella siempre ha sido más soñadora y él, más pragmático. Hasta cierto punto comprende que a su novia le seduzca esta fantástica idea. Corina se inclina sobre él hasta que los labios de ambos quedan a escasos milímetros. Se lleva todo el pelo a un lado y habla en voz baja. Ian puede percibir su aliento.

—¿Te imaginas...? Otro tú y otra yo al otro lado... Nuestros simétricos. Iguales, pero diferentes. ¿Crees que allí estaríamos también juntos?

—En el hipotético caso de que exista ese mundo simétrico, seguramente sí.

Ella le da un beso largo. Cálido. Luego le besa la mejilla y el cuello.

—Claro que lo estarían. Y estarían haciendo algo parecido a esto...

Lo tumba sobre la cama para jugar lentamente a ir desabrochando botones y hebillas de la ropa de uno y de otro y provocarle un profundo suspiro mientras se quita el jersey antes de recostarse sobre él. La espiral de caricias, besos y jadeos que los envuelve se va elevando hasta que, antes de alcanzar el cenit, ella detiene en seco el torbellino. Le coge las muñecas y las presiona sobre la cama para inmovilizarle los brazos.

—Si se consiguiera abrir un portal entre ambos mundos, por pequeño y fugaz que fuese, ¿crees que podría provocar interferencias? Por lógica, ellos también estarían intentando entablar esa comunicación.

Ian, molesto con el giro de las palabras, rompe su silencio. Le da la vuelta a Corina y se coloca sobre ella. Ahora es él quien la tiene a su merced.

—Sé adónde quieres llegar, pero tu madre habla de una advertencia. Si los mundos simétricos son idénticos, ¿qué sabrían ellos que nosotros no supiéramos? Nosotros no estamos intentando advertirles de nada.

—Las supuestas interferencias que se provocan con el LHC entre 2015 y 2016 podrían haber causado pequeñas alteraciones, y desde ese momento ambos mundos quizá no hayan evolucionado exactamente igual.

—No lo creo, Corina.

Corina parece reflexionar unos segundos antes de lanzar una nueva pregunta:

—¿Y si el tiempo en el otro lado fluyese en dirección inversa?

Ian la suelta. Ella se sienta con las piernas cruzadas y se limpia los ojos y la nariz con el borde del edredón manteniendo el semblante abstraído. Está claro que no ha sido una frase fortuita. Ian da por concluido el juego amoroso y se reincorpora abrochándose la camisa mientras aguarda a que Corina termine de exponer su nuevo enfoque.

—Hasta este momento sabemos que la flecha del tiempo está vinculada a las condiciones iniciales del universo, que son las que la determinan. Un experimento reciente ha puesto de manifiesto que si se consiguiera crear sistemas con condiciones iniciales diferentes de las que se dieron en el origen de todo, entonces sería posible cambiar hasta las leyes de la termodinámica o incluso la dirección del tiempo y hacerlo fluir del futuro al pasado. Esto ya se ha podido demostrar usando el entrelazamiento cuántico para crear unas condiciones iniciales insólitas que permiten que el calor fluya de una partícula cuántica fría a otra más caliente. El equipo de Gordey Lesovik, por ejemplo, consiguió que el tiempo avanzara hacia el pasado en una computadora cuántica.

»También está la teoría de Latham Boyle, Kieraman Finn y Neil Turok, del Instituto Perimeter de Física Teórica de Canadá, según la cual del big bang no solo surgió el universo que conocemos, sino también otro que se expande hacia atrás en el tiempo. Un antiuniverso que sería como la imagen refleja del nuestro y en el que todo sucedería al revés. Sabes tan bien como yo que la idea no es descabellada. De hecho, nuestro universo parece estar violando continuamente la simetría fundamental CPT, según la cual las leyes de la física no varían al cambiar el sentido del espacio y del tiempo, ni tampoco al intercambiar en las ecuaciones materia por antimateria. A pesar de ello, en nuestro universo el tiempo solo avanza en una dirección, el espacio se expande y nunca se contrae, y hay muchísima más materia que antimateria.

»Y precisamente por eso, y para preservar la simetría CPT, afirman que el big bang fue también el punto de partida del antiuniverso en el que predomina la antimateria y en el que el tiempo discurre en dirección contraria. Este modelo no solo es consistente desde el punto de vista de la física, sino que además ofrece una explicación para la materia oscura.

—¿Tu madre otra vez?

Ian comprende que su novia habla de una intuición prodigiosa. Corina asiente.

—A raíz de este descubrimiento, ella tiene otra teoría. Asegura que el presente, el pasado y el futuro se encuentran retratados en una foto fija. Todos existen a la vez. Nosotros simplemente atravesamos esa foto con una linterna y vamos iluminando los sucesos según avanzamos por la imagen. El tiempo es solo una ilusión, o un punto de vista.

—Entonces ¿no hay libre albedrío?

—Sí y no. Todo depende del observador. Si un observador pudiese ver la foto completa, entonces no lo habría. Pero no es nuestro caso. El libre albedrío existe porque creemos a pies juntillas que existe. Además, nuestra visión es limitada y no conocemos el futuro hasta que lo iluminamos.

—¿Y qué hay de la causa-efecto?

—En el mundo con el tiempo invertido también existiría. Si tiras una piedra romperá el cristal. Si el cristal se ha roto es porque han tirado una piedra.

—A ver si lo he comprendido. Estás intentando decirme que existe un mundo simétrico idéntico al nuestro, casi idéntico —matiza Ian—, pero en el que el tiempo pasa del futuro al pasado. Por esta razón, ellos conocen el futuro, nuestro futuro, y quieren avisarnos de algún evento catastrófico que nos acabará sucediendo.

—Sería una posibilidad —responde Corina sin demasiado énfasis.

—Pero... Si el pasado, el presente y el futuro no existen, si son solo una ilusión para los observadores..., no podremos cambiarlo. Ya está plasmado en la foto... Así que nada podemos hacer.

—Ellos no lo saben y nosotros tampoco. La foto fija es solo una teoría de mi madre. Valdría la pena intentarlo. ¿Qué opinas?

—¿Realmente crees en lo que estás diciendo? ¿Realmente crees que existe alguna posibilidad?

—Yo era tan escéptica como tú. Me enfrenté a mi madre hasta que tú me convenciste de lo contrario.

—¿Yo?

—Tú —afirma con rotundidad esta vez.

—¿Y qué he hecho yo para...?

Corina le pone el dedo en los labios y no le deja terminar la frase.

—No hables —le susurra al oído—. Yo ya he visto la foto completa y sé cómo acaba esto. —Vuelve a ponerse sobre él—. Vamos a olvidarnos de la reina de corazones y hagamos que el futuro se cumpla.

HERMAN HAHN

Profesor H
Ginebra, 20 de febrero, 8.30

35

El doctor Herman Hahn revisa en su despacho los informes que ha solicitado a cada departamento. Incluyen los últimos ajustes y las pruebas correspondientes. Quiere cerciorarse de que todo estará listo y con las máximas garantías para la puesta en marcha del LHC. Los ha impreso, pues a veces necesita que los conceptos se puedan tocar. Junto a la pila de informes hay un bolígrafo rojo que le recuerda a sus años como docente. Era uno de los profesores más duros.

Es cierto que se las hacía pasar canutas a sus alumnos. Su forma de evaluar nada tenía que ver con lo establecido. El mínimo exigible para el aprobado era diferente para cada alumno, y Herman lo establecía según la capacidad que le presuponía a cada uno de ellos. Ese suficiente era el máximo al que creía que un estudiante podía llegar. Los ponía al límite. Por supuesto, su peculiar forma de evaluar no era pública. Los alumnos sufrían con él, cierto, pero luego presumían de haberlo tenido de profesor. En cierta forma, echa de menos enseñar a aquellos jóvenes ávidos de conocimiento. Ambiciosos e irresponsables. Soñadores. Hoy en día hacen falta modelos, pesos pesados de la ciencia, para inspirar a esas nuevas generaciones. La ciencia los necesita para que no le ocurra como a la Iglesia.

Herman no desprecia la religión, como hacen algunos colegas suyos. Él la respeta. En el fondo es una lucha íntima y personal por hallar conocimiento. Una lucha por dar respuesta a las preguntas existenciales que tarde o temprano nos asaltan a todos y que la ciencia también trata de responder. Hay grandes teólogos, grandes científicos teólogos. Uno de sus compañeros de facultad podría haber sido un científico brillante y optó por los senderos de Dios. Lo respeta. Él mismo, en ciertas ocasiones, necesita llenar el vacío que siente en el alma. Un vacío tan insaciable como un agujero negro, algo que los números no pueden aplacar. Quizá si pudiese creer en una inteligencia superior omnisciente y benigna conseguiría apaciguar un poco su alma, egocéntrica y siempre insatisfecha. Quizá esté buscando esa inteligencia mediante los experimentos que lleva a cabo en el CERN. Quizá el LHC ponga fin de una u otra forma a la eterna lucha entre ciencia y religión. Darwin creía haber matado a Dios, pero lo que realmente hizo fue empequeñecernos todavía más; nos puso en nuestro sitio en este vasto universo, como hizo en su día la teoría heliocéntrica. Nos costó años aceptar que no éramos el centro de toda la creación.

El doctor mira el reloj. Se acerca la hora de la cita con el joven Ian Blom y no ha terminado el trabajo que tenía previsto. Ha pasado la noche en vela a causa de una buena noticia que ha derivado en discrepancias internas. Por fin se han aprobado los presupuestos del nuevo colisionador de Japón y se han desbloqueado todos los trámites. Ya hay fecha para el inicio de las obras y se estima que en 2027 entrará en funcionamiento. La parte que le preocupa de esta gran noticia es que reclaman cuanto antes su presencia, y eso supondría abandonar el CERN. Se han desbloqueado algunos puntos a condición de que él, por su experiencia y reputación, sea el máximo responsable en la siguiente fase de la construcción del colisionador de Japón. Una negativa por su parte podría paralizarlo todo de nuevo, así que solo puede aceptar. Sin embargo, quiere retrasar al máximo su marcha, por lo menos hasta después de analizar los primeros datos que se recojan tras la puesta en marcha del LHC.

Unos golpes en la puerta interrumpen sus pensamientos.

36

—Adelante, joven.

Ian Blom entra en el despacho y se acerca a la mesa de Herman Hahn.

—¿Quería verme, doctor?

El doctor no aparta la vista del monitor y le hace esperar unos segundos. El joven, tras un momento de vacilación, permanece de pie delante de la mesa. Aún le queda mucho que aprender, pero parece menos inseguro. El doctor sonríe para sus adentros.

—Me consta que ha hecho un buen trabajo, joven Blom.

—Gracias, doctor.

—¿Está usted satisfecho con su obra?

—Eso creo.

—¿Lo cree o lo está?

—Lo estoy. Todas las pruebas hasta la fecha han sido satisfactorias.

—Dentro de siete días estaremos en el punto de mira de los lobos con piel de cordero. No se deje engañar por su aspecto, en el fondo quieren devorarnos y no se detendrán hasta hacernos besar la lona. Nada puede fallar, ¿lo entiende?

Ian asiente con semblante grave.

—Quiero que revise personalmente toda la cadena de aceleradores, desde la inyección de las partículas hasta la recogida y el almacenamiento de datos en el Centro de Computación. Pasado mañana haremos una simulación sin conectar el enchufe principal. Cualquier detalle que le llame la atención debe comunicármelo de inmediato.

—¿Cuándo empiezo?

—Hoy sería un buen día, ¿no le parece?

Ian vuelve a asentir. Se muestra algo inquieto.

—¿Le preocupa algo, joven artista?

—¿Puedo hacerle una pregunta, doctor? —Le anima con una inclinación de cabeza apenas perceptible—. ¿Le dicen algo las palabras «entrelazados», «profesor Hide» y «2027»?

El doctor se reclina en el asiento. Junta las manos y hace tamborilear los pulgares. Trata de mostrar indiferencia, pero no está seguro de haberlo conseguido. Los tres sintagmas le dicen algo, sobre todo el nombre «profesor Hide». Creía que solo él lo conocía.

El doctor Hahn se levanta.

—Acompáñeme. —Se acerca hasta su particular museo de los errores del colisionador—. ¿Recuerda estos fallos? ¡Claro que los recuerda! Los tengo aquí para que no vuelvan a repetirse..., pero también para estudiar si han ocurrido de forma natural o han sido forzados.

—¿Forzados?

—Provocados. —Mira fijamente al joven—. Por eso es tan importante la revisión final. Tiene que hacerla personalmente y no debe fiarse de nadie.

—¿Quién podría...?

—¿Dónde ha oído esas cuatro palabras? —le interrumpe Herman.

El joven tarda unos segundos en responder.

—Alguien las escribió en la pizarra de una sala de conferencias.

—¿Alguien?

—No sabría decirle... —Resulta evidente que el joven no dice todo lo que sabe—. Este posible sabotaje que comenta y las cuatro palabras que acabo de nombrarle ¿podrían estar relacionados de algún modo? —pregunta Ian Blom, algo indeciso.

—No necesariamente... El profesor Hide trabajaba conmigo. Un buen día se marchó y ya no he vuelto a saber nada de él. Era un hombre altamente cualificado, algo impulsivo, pero un gran científico. Su marcha supuso una gran pérdida para el CERN y para la ciencia. Pero ¿sabe lo que realmente me resulta sorprendente? —Ian niega con la cabeza. Tras una pausa que alarga con toda la intención, el doctor continúa—: Solo yo le daba el tratamiento de «profesor Hide». Lo llamaba así por su temperamento inestable y sus bruscos cambios de humor. Ni siquiera él sabía que le llamaba así, era un apodo que usaba para mis adentros. Esto me lleva a la siguiente pregunta: ¿me cree usted capaz de ir dejando mensajes en las pizarras?

—Claro que no, doctor.

—Si yo no he sido y nadie más le llamaba así, ¿podría decirme cómo conoce usted el apodo?

—Quizá solo haya sido una mera coincidencia —titubea Ian.

37

El doctor entra en su apartamento y repite la misma rutina de siempre. Se ducha y prepara la bandeja de plata con un exquisito ron de Martinica y el dinero. Toma un vaso y le añade dos cubitos de hielo. Se recrea con el suave aroma a azúcar moreno. Es suficiente, no lo prueba. Nunca lo hace. El alcohol es una tentación que puede dominar (a diferencia de la atracción visceral que siente por la regular visita femenina). Sin embargo, el fantasma de la jubilación le acosa. La inactividad y la monotonía le infunden más temor que la propia muerte. En pocos años pasará de ser una persona importante, influyente y respetada a ser un simple número en el documento de identidad. Perderá el título de doctor cuando se refieran a él. Llegado ese día, quizá pierda también la guerra con el alcohol. Todo el mundo ha de morir.

Pasa la hora convenida y nadie llama a la puerta, ni la señorita Béla ni la mujer experta en mecánica cuántica. El doctor se levanta y se acerca a la pizarra digital, donde permanece lo escrito por la perseverante mujer. En la mesita auxiliar, bajo la bandeja, está la libreta que le entregó en la última visita y que ha ignorado hasta ahora. No tenía intención de leerla, pero cede ante la curiosidad. La hojea con calma; en esta ocasión parece que dispondrá de los veinticinco minutos en soledad.

El documento es interesante, pero no prueba nada. Solo

sirve para afirmar que la teoría de cuerdas predice a la perfección un caso concreto de mecánica cuántica, no garantiza que también funcione en el resto. Esto refuerza la teoría, pero no la prueba. La ciencia ha de ser exacta. O todos los casos o ninguno. De momento la partida la gana la relatividad de Einstein, que ya le quitó el título a Newton por nocaut cuando nos dimos cuenta de que para salir de casa no nos valían los «pantuflos» que habitualmente usábamos. Las leyes de Newton fallaban fuera de casa, fuera de la Tierra, fuera del sistema solar. Es perfectamente posible que al acercarnos al origen del big bang, o al horizonte de sucesos de los agujeros negros, tampoco nos valgan las zapatillas de Einstein.

El doctor coge la tarjeta de la mujer. La hace girar en la mano y lee el contenido. No hay ningún nombre, solo un número de teléfono. No llama. No piensa darle esa satisfacción. Vuelve a dejar la tarjeta y la libreta sobre la mesita, y las borra de su mente. Ya les ha dedicado suficiente tiempo.

Ahora permite que invadan sus pensamientos las palabras que ha pronunciado el joven Ian Blom. Han estado ahí todo el día, esperando su atención. La primera, «entrelazados», la acaba de leer varias veces en el documento de la mujer sin nombre. No puede negar cierta conexión. Hoy mismo se ha enterado de que la última, «2027», es la fecha prevista para la puesta en marcha del nuevo colisionador de Japón. Tampoco puede negar un posible vínculo. Las segundas, las más desafiantes, son «profesor Hide». Así llamó en su interior al que durante un breve periodo fue su mentor y más tarde compañero. El profesor Hide, cuyo verdadero apellido era Hinne, ya estaba en el CERN cuando Herman ocupó su puesto. Al principio ejerció de maestro para él, hasta que quedó claro que ambos tenían el mismo nivel científico, la misma capacidad desarrolladora e incluso las mismas intuiciones. Lamentablemente, acabó por convertirse en su rival. Sus dudas y temores, sin llegar a formular una antítesis sólida, le llevaron a intentar paralizar todos los experimentos del LHC, algo que Herman Hahn no podía permitir. El único argumento que esgrimía el profesor era que seguir adelante sin tener una mayor comprensión de lo que estaban haciendo allí entrañaba peligro. Nunca entendió ese cambio de actitud. Esas dudas eran infundadas, pues sabían perfectamente lo que hacían. Y ahora el fantasma del profesor Hide se le aparece rodeado de un halo de misterio. ¿Habrá vuelto? ¿Se habrá puesto en contacto con Ian Blom? ¿O habrá sido la mujer sin nombre?

¿De dónde han salido esas cuatro palabras? ¿Puede fiarse de Ian? Algo le dice que el joven es noble, pero, tal como le ha revelado a Blom, no recuerda haber pronunciado jamás en voz alta el apodo «profesor Hide». Esto es lo que más le confunde.

El doctor se tumba en la cama. Lleva muchas horas sin dormir y, aunque le costará liberar la mente, necesita descansar. El cuerpo y la mente se lo exigen. Por esta vez no volverá al CERN, pues un sillón, por magnífico que sea, no es el mejor sitio para reposar.

2027
(Seis años después)

HERMAN HAHN

El fin del mundo
Tokio, 5 de marzo, 20.45

38

El presentador vuelve a la carga.

—Y ahora, doctor, tendrá que disculparme, pero he de formularle una pregunta obligada. ¿Es peligroso este nuevo acelerador? ¿Es más peligroso que el LHC del CERN? Muchas voces así lo afirman, incluidos científicos y cargos importantes del mismo CERN.

—También sería peligroso que una nube de materia oscura se dirigiese a nuestro sistema solar y que no fuéramos capaces de detectarla, ¿no cree? —El presentador levanta las cejas—. No haría falta que atravesase la Tierra. Con desestabilizar un sistema o una estrella cercana acabaría con cualquier forma de vida en nuestro planeta. —Hace una pausa—. Lo que pretendo decir es que el conocimiento que adquiramos gracias al ILC nos permitirá estar mucho mejor preparados ante eventualidades venideras.

—No cabe duda de que lo que afirma es cierto, pero pueden pasar cientos de años antes de que nos enfrentemos a ese tipo de situaciones extremas. En cambio, si el ILC entrañase algún tipo de peligro, sería algo inminente. Le hablo de pocos años, quizá meses. Permítame citarle algunos ejemplos.

»El mismísimo Martin Rees, profesor de Cosmología de la Universidad de Cambridge y uno de los cosmólogos más prestigiosos de nuestro tiempo, explicaba en su libro *On The Future: Prospects for Humanity*, publicado en 2018, tres formas en que el LHC y los futuros aceleradores como el ILC podrían destruir por completo la Tierra e incluso provocar auténticas catástrofes de proporciones cósmicas.

El doctor se acomoda como puede en la silla y sonríe. Esta es la primera sonrisa que quiere que el resto del mundo vea. No está seguro, pero cree que le ha salido bien. Es el momento de parafrasear a su viejo amigo Franz.

—Respeto profundamente al señor Rees, pero hablar nada menos que del fin de los tiempos..., del juicio final y no solo de la Tierra, sino también del sistema solar, de toda la galaxia..., ¿no le parece un poco soberbio? Sinceramente, no creo que fuésemos capaces de algo así por mucho empeño que pusiésemos en ello. Y no debemos olvidar que lo que buscamos con los aceleradores es conocimiento, nada más. Para eso Dios nos ha dotado de inteligencia. Querido amigo, no creo que debamos tener miedo de morder la manzana.

—Estoy con usted, doctor. No creo que se puedan poner límites a la búsqueda de la verdad. Pero ¿y si mediante las colisiones se generase un agujero negro? Usted mismo ha reconocido que es posible, incluso interesante. Según Rees, y leo textualmente —dice el presentador mostrando el citado libro—, «este agujero podría ser que empezara a tragarse todo lo que tiene alrededor. Si algo así sucediera realmente, todo nuestro mundo sería absorbido en cuestión de minutos, y donde una vez estuvo la Tierra solo quedaría un agujero negro dispuesto a seguir devorando todo lo que encuentre».

—En el hipotético caso de que se creara un agujero negro, sería tan infinitamente pequeño que podría atravesar la Tierra sin tocar ni un solo átomo, ya que el noventa y cinco por ciento de ellos son espacios vacíos. Debido a esto, no podría crecer y alcanzaría el espacio exterior, donde la probabilidad de que chocase contra algo y creciera es aún más pequeña. El LSAG, el Grupo de Evaluación de Seguridad del LHC, estudió este supuesto y concluyó que el LHC no representa un peligro y que no hay motivo para preocuparse. De entre los argumentos que esgrimió el LSAG, el que más me gusta es que la propia naturaleza, durante la dilatada historia del universo, ha hecho una y mil veces lo mismo que los aceleradores hacen cuando los físicos provocan que las partículas choquen en su interior. Y nunca le ha sucedido nada a la Tierra. Los rayos cósmicos, por ejemplo, que bombardean continuamente nuestro planeta, son en esencia versiones naturales de lo que los aceleradores están haciendo.

»Y voy más allá: el propio Stephen Hawking estaba convencido de la absoluta seguridad de los aceleradores. Cito de memoria: «Las colisiones que liberan la mayor cantidad de energía ocurren millones de veces al día en la atmósfera terrestre, y nunca ha pasado nada terrible».

—La segunda posibilidad que esgrime Rees es que los quarks, los componentes básicos de partículas como los protones y los neutrones, se volvieran a ensamblar en otros objetos densamente comprimidos llamados «strangelets». Según la fuente: «Ese hecho, en sí mismo, resultaría inofensivo. Sin embargo, algunas hipótesis apuntan a que un *strangelet* podría por contagio convertir cualquier otra cosa que encuentre en una nueva y exótica forma de materia, transformando toda la Tierra en una esfera hiperdensa de apenas unos cien metros de diámetro».

—Esta cuestión ya se planteó en Estados Unidos en el año 2000, justo antes de la puesta en marcha del Relativistic Heavy Ion Collider (RHIC) de Brookhaven, una de cuyas misiones era precisamente encontrar esas extrañas partículas de «materia exótica». Tras casi una década en funcionamiento, sin embargo, no apareció ni una sola de ellas. Sabemos con seguridad que la generación de estos *strangelets* en el LHC y el ILC es mucho menos probable que en el RHIC, y la experiencia en este acelerador ha validado el argumento de que no se pueden producir aunque se quiera.

—Abordemos la tercera forma esgrimida por Rees, la de que un acelerador de partículas podría destruir la Tierra o, peor aún, provocar «una catástrofe que se tragaría el espacio mismo».

»Para Rees, y cito textualmente, «el espacio vacío, o lo que los físicos llaman "vacío", es en realidad mucho más que la nada. Es el escenario de todo lo que sucede. Y tiene, latentes en su interior, todas las fuerzas y partículas que gobiernan el mundo físico. Pero ese vacío podría resultar ser frágil e inestable... Algunos han especulado con el hecho de que la energía concentrada, que se crea cuando las partículas chocan entre sí en un acelerador, podría desencadenar una transición de fase que rasgaría el tejido del espacio. Y eso sería una calamidad cósmica, no solo terrestre».

—Creo que el propio funcionamiento del LHC en el CERN durante los últimos años prueba que estos temores son infundados. Algo similar denunciaron el estadounidense Walter Wagner y el español Luis Sancho ante el tribunal de Hawái, y la postura de este, y de la comunidad científica, fue muy clara. Carece de cualquier respaldo científico que lo sustente. Y ya que veo que le gusta el libro de Rees, permítame que le cite de memoria un fragmento. Puede comprobarlo en la página 234: «La innovación suele ser peligrosa, pero si no asumimos los riesgos podemos estar renunciando a los beneficios. Muchos de nosotros nos inclinamos a descartar esos riesgos como ciencia ficción, pero creemos que no se pueden ignorar, incluso si se los considera altamente improbables». Como ve, lo único que pide es prudencia, y el propio Rees aseguró que tanto en el LHC como en el ILC hemos sido muy prudentes.

—Entonces usted, como es lógico, es partidario de estos enormes detectores. ¿Cómo los justificaría?

—Por supuesto que soy partidario de ellos. Y quiero dejar bien claro que el éxito del CERN se debe no solo a su capacidad para producir resultados científicos de gran interés, sino también al desarrollo de nuevas tecnologías tanto informáticas como industriales. Me refiero, por ejemplo, a la invención de la World Wide Web en 1990 por los científicos Tim Berners-Lee y Robert Cailliau, y no hay que olvidar el desarrollo y mantenimiento de importantes bibliotecas matemáticas como CERNLIB, ahora llamada ROOT, usadas durante muchos años en la mayoría de los centros científicos, o también de sistemas de almacenamiento masivo, pues el LHC almacena un volumen de datos del orden de varios PB cada año.

»Por tanto, las investigaciones que ya se llevan a cabo en el CERN, y las que realizaremos en el ILC, han tenido y tendrán aplicaciones prácticas en la vida corriente de los ciudadanos. Mejoran y mejorarán la vida en el planeta. Algo similar ocurrió con las misiones Apolo. Como ve, en el CERN no solo hemos descubierto el bosón de Higgs y la antimateria, y ahora con el ILC esperamos estar a las puertas de hallar algo que cambie nuestra concepción del universo, algo que confirme que la nueva física existe, y quizá lo hagamos al encontrar la materia supersimétrica.

2021
(Seis años antes)

IAN BLOM

Reflejos
Ginebra, 27 de febrero, 7.56

39

Ian se despierta inquieto. De nuevo, Corina no está a su lado. Se siente desubicado y la completa oscuridad que reina en la habitación parece tirar de él hacia un pozo sin fondo. Intenta domeñar la ansiedad y se levanta para tratar de borrar esas incómodas sensaciones con una ducha fría. Hay luz en la cocina y eso le tranquiliza. Su novia está preparando algo para desayunar y lo hace bailando al ritmo de lo que esté escuchando en los auriculares que lleva puestos. Por los movimientos de su cadera apostaría a que es «Another World», de Shakira. Una camiseta con el logotipo de los «Looney Toons» ondea al ritmo de sus muslos. No ha advertido su presencia y él aprovecha para observarla en silencio durante noventa segundos. Parece que todo está otra vez en su sitio. Esto lo relaja más que la ducha y le ayuda a centrarse y ubicarse. Todo vuelve a cobrar sentido.

Hoy es un día especial y disponen de tiempo para desayunar con tranquilidad antes de ir al CERN. Las parejas están invitadas a la fiesta de inauguración del LHC, así que Corina le acompañará. Es el momento de recoger los frutos de estos meses de esfuerzo. No se siente especialmente nervioso, al menos por el momento. Todo lo contrario. Está satisfecho, pues cree haber hecho todo lo que estaba en su mano.

La rodea suavemente por la cintura. Corina da un leve respingo, pero enseguida acepta la caricia mientras termina de untar un par de tostadas. Luego se gira y le besa suavemente en los labios antes de escabullirse para poner los platos en la mesita: su vaso de leche, la botella de aceite y medio limón.

Desayunan charlando de trivialidades. Seguramente Corina lo haga con toda la intención para evitar que se ponga nervioso. No sabe que su sonrisa es suficiente para mantenerlo cautivo y no pensar más allá.

Recorren el camino hasta la parada del tranvía cogidos de la mano. Cuando Corina está contenta no puede esconderlo. Hasta el último poro de su cuerpo parece contagiarlo y pregonarlo a los cuatro vientos. Las tres personas que esperan responden a su saludo con una sonrisa. Qué diferente del comportamiento distante y sombrío de Ian. Él podría estar todo un año viajando con la misma gente sin cruzar una sola palabra. A Corina le han bastado unos segundos para entablar una animada conversación.

Javier no ha subido con ellos. Es temprano y seguramente tenga previsto tomar el siguiente tranvía. Hay varios asientos libres. Se sientan juntos y disfrutan del paisaje. Hace un día soleado y de temperatura agradable. Lo aprovechan dando un paseo por el campus antes de entrar. Corina está visiblemente emocionada; pregunta por cada edificio y por cada monumento. Sin duda, habría sido feliz trabajando allí.

Ian usa la acreditación y un pase de invitados para acceder a la Sala de Control. Es temprano, pero calcula que habrá unas sesenta personas alrededor de las siete mesas repletas de aperitivos que han sido ubicadas entre las islas de trabajo de los aceleradores. Todos los asistentes guardan las distancias y llevan mascarillas. Ellos les imitan. Le enseña a Corina el control del LHC. No hay nadie en su puesto, pero los monitores de las cámaras subterráneas siguen encendidos. Las salas de los detectores están desiertas. Es normal, pues el acceso se encuentra cerrado por seguridad. Los niveles de radiación no tardarán en ser peligrosos. En las imágenes de los túneles solo se ven fragmentos del solitario tubo que forma la circunferencia de veintisiete kilómetros del LHC.

—Me traes hasta aquí para ver lo mismo que hemos estado viendo estos últimos días —bromea Corina simulando enfado al reconocer las imágenes.

Tiene razón. Durante la última semana ha estado vigilando las cámaras con la pantalla del teléfono proyectada todo el tiempo en el televisor. Nada le ha llamado la atención más allá de las labores del operario infiltrado al que ha permitido terminar los ajustes en la capa adicional del detector. Previamente le exigió a la señora Wells un informe completo de las modificaciones que pretendían realizar para poder estudiarlo personalmente y asegurarse de que no pudieran afectar en lo más mínimo al rendimiento del detector. Una vez finalizadas, lo revisó *in situ* y todo estaba correcto. Solo espera que cumpla su propósito y que Herman no sospeche.

—Vayamos a tomar algo —propone Corina.

Varios asistentes se paran a saludarle mientras se acercan a los aperitivos. Ian les devuelve el saludo sin reconocer a algunos de ellos. Con el último choque de codos pierde de vista a Corina, que no tarda en volver con dos copas de Kir Royal y unas flautas de queso.

—Tiene buena pinta —afirma con un guiño—. Si lo llego a saber no habría preparado desayuno.

Enfrente están sus compañeros de trabajo. Ian trata de evitarlos, pero enseguida se percatan de su presencia y le animan a acercarse. Corina le coge del brazo y lo arrastra hasta ellos. Lo reciben entre aplausos. Su novia se presenta y charla con ellos como si ya se conociesen. Entretanto, Ian, algo descolocado, busca sin éxito al doctor Herman Hahn entre el gentío, que debe de estar al límite del máximo aforo.

De pronto, el fuerte ruido de fondo se troca en murmullos mientras se abre un hueco en el centro de la estancia. El señor Larry Waas lo ocupa y espera hasta que el silencio es completo. A continuación pronuncia unas breves palabras de agradecimiento a los asistentes, exagerando las bondades del CERN y, en especial, las del LHC. A Ian le recuerda a un político hablando de su programa electoral. Después llega el turno del doctor Hahn, que no necesita esperar ni un segundo para que se haga un silencio expectante. Es la estrella de la convención.

—Todo lo que hemos conseguido aquí es el fruto del trabajo y del sacrificio de mujeres y hombres que han entregado su vida a la ciencia. Hombres y mujeres que han hecho grandes sacrificios para colaborar en la construcción del intrincado puzle del conocimiento. Creo sinceramente que es el mejor legado que un ser humano puede dejar a las generaciones venideras, puesto que ese conocimiento será eterno. —El doctor levanta la copa y todos le imitan, Corina la primera—. Brindemos por ellos y por ellas. Es el momento de hacer historia.

Ian brinda con Corina y con los compañeros. Cuando levanta la vista, el doctor ya no está y la gente ocupa el espacio que se había despejado. Vuelve el murmullo de los asistentes y el sonido de las copas chocando.

—¿Cómo se encuentra, joven?

Ian se vuelve, sorprendido. Es el doctor.

—Bien, disculpe...

—Este es su momento, joven artista. Disfrútelo.

—Gracias. Permítame presentarle a mi novia...

Pero al girarse, Corina no está. Ian pregunta a Carlo, que se limita a encogerse de hombros.

—En otra ocasión será —dice el doctor a modo de despedida, y desaparece entre la gente.

Ian permanece con sus compañeros, que bromean sobre su amistad con el gran hombre. Él les sigue la corriente y finge interés sin dejar de buscar con la vista a Corina. Finalmente la ve hablando con el pedante señor Waas, justo en la mesa de al lado, donde un grupo de personas le impedía verla. Espera hasta que termina de hablar y vuelve con ellos. Le comenta que ha charlado con el doctor Hahn, y ella lamenta no haber estado. Tenía muchas ganas de conocer en persona al jefe del que tanto habla su novio.

La fiesta sigue. Ian no puede evitar asomarse regularmente a los monitores del centro de control del LHC. Todavía teme un sabotaje de última hora.

40

El panel general de pantallas de la Sala de Control muestra una cuenta atrás con grandes dígitos. Justo ahora marca 00.09.54 y hace referencia al tiempo restante para la puesta en marcha del LHC. A Ian le recuerda a los centros de control de misión en los lanzamientos de la NASA.

Cuando quedan pocos segundos, se hace un brusco silencio y todos levantan la vista hacia el cronómetro. El final de la cuenta atrás se refleja en los rostros de los científicos con diferentes expresiones de orgullo y triunfo, magnificadas por los efusivos abrazos de sus acompañantes, que aplican la liturgia de Fin de Año al éxito de un hito científico. Ian no tiene claro si esa cuenta atrás es real o una simple simulación para adornar el evento. Le cuesta creer que el gran acelerador no se haya encendido ya, pues sabe a ciencia cierta que los otros aceleradores de la cadena ya están en funcionamiento. De cualquier modo, juraría que ahora nota un ligero temblor bajo los pies. Un suave hormigueo. Seguramente no sea más que sugestión, ya que nadie lo menciona. Corina está ahora hablando con los compañeros de su grupo de trabajo. Siempre tan abierta y radiante.

Ian se acerca a los puestos de control de los diferentes aceleradores de la cadena en los que ahora hay personal trabajando. Se interesa por las lecturas y parece que todo funciona correctamente.

Corina lo abraza de improviso por la espalda.

—¿Cómo está el hombre del momento? Tus compañeros hablan maravillas de ti. ¿Marcha todo bien?

—Eso parece, aunque mi arte es la detección y eso no lo sabremos hasta más adelante.

—Seguro que has triunfado.

Vuelven a separarse. Corina habla animadamente con personas que él mismo no conoce de nada. Espera que no sean de la prensa o del comité de seguridad. Ian se aleja un poco del bullicio, pues los eventos sociales le incomodan. Para hacer tiempo, se dedica a estudiar una a una las botellas de champán que representan cada uno de los descubrimientos efectuados en el CERN.

Cuando le parece que ya no podría justificar tanto interés por la vitrina de espumosos, se acerca a las mesas para buscar a Corina. Está cansado de estar allí. Necesita dar dos vueltas completas al recinto para encontrarla algo apartada charlando con un hombre, alto y con buena presencia, que no reconoce. Espera unos minutos más antes de acercarse. El hombre se despide al verle llegar y se marcha sin que ella se lo presente.

—¿Dónde estabas? —pregunta Corina con una sonrisa.

Le abraza apretando la cara contra su pecho y luego le coge de la mano para seguir juntos. Ian se fija en que no lleva puesto el anillo de compromiso. Se molesta un poco.

—¿Por qué no llevas el anillo?

Le extraña oír su propia voz. Lo normal hubiera sido guardarse la pregunta para él. ¿Estará celoso?

—Cariño, ya sabes que no me gusta llevar joyas.

Ian, en efecto, sabe que no acostumbra llevarlas. No es su estilo. Pero un anillo de compromiso es diferente. La forma despreocupada en que ha respondido tampoco le agrada. Quisiera explicarle que no es una simple alhaja, pero lo deja correr.

—Era un amigo de mi padre. ¿Le conoces? —¿De su padre? No conoce a ese individuo ni tampoco a su padre; apenas le ha hablado de él más allá de que las abandonó sin despedirse—. ¿El plan alternativo también está en marcha?

Corina se refiere a la investigación en paralelo que ha propuesto su madre con el apoyo de la gente leal al profesor Hide.

—Por supuesto.

—¿Cómo estás tan seguro?

—Ahora lo verás por ti misma.

Ian, sin soltarla de la mano, la conduce con suavidad y firmeza al exterior, lejos de la celebración. Agradece el silencio y el aire fresco. Pasean plácidamente por el campus hasta el edificio que aloja el primer acelerador de la cadena. Dentro hay una pequeña sala de control con dos responsables. Uno de ellos es un «infiltrado» del profesor Hide. Este les confirma que todo está en funcionamiento y que ya se están consiguiendo los primeros entrelazamientos cuánticos. Corina le felicita con una suave palmada en el hombro.

41

Comen juntos en uno de los restaurantes del CERN. Corina pide el mismo menú vegano que suele tomar él. Por la tarde asisten a diversos actos en el CERN. La última conferencia es, a su juicio, la más interesante, y versa sobre antimateria. En un primer momento les ponen en antecedentes explicando cómo en 1965 fue descubierta por primera vez en uno de los aceleradores del CERN al crear un antideuterón, una antipartícula compuesta por un antiprotón y un antineutrón. Años después, en 1995, se consiguieron crear los primeros átomos de antihidrógeno. Luego, los responsables del proyecto PUMA (antiProton Unstable Matter Annihilation) les enseñan un contenedor o trampa de antimateria capaz de retener miles de millones de antiprotones. El sistema de contención combina un contenedor al vacío, poderosos campos magnéticos y eléctricos para evitar que la antimateria toque las paredes del recipiente y una temperatura cercana al cero absoluto para que las antipartículas estén lo más estables posible. En él se pueden almacenar millones de antiprotones durante semanas, un gran éxito que ha permitido transportar las antipartículas a otros laboratorios del CERN para someterlas a diferentes pruebas. En su interior almacenan la sustancia más cara del mundo, con un coste estimado de unos sesenta mil millones de euros el miligramo. Es también una de las más peligrosas.

Corina, muy interesada, interviene en un par de ocasiones. Para terminar, les hablan de la llamada «violación CP» en las desintegraciones de la partícula denominada «mesón D0», fenómeno que fue detectado por primera vez en 2019, también en el CERN.

El tiempo ha cambiado cuando abandonan el edificio.

Es temprano, pero parece que haya anochecido. Hay unas nubes gruesas y amenazadoras justo sobre ellos. No parecen de lluvia, y por la cantidad de rayos y culebrinas que destellan cada pocos segundos en su interior, más bien semeja una tormenta eléctrica sin truenos.

—Esperemos que no nos fastidien los planes de esta noche —dice Corina, escrutando el cielo con preocupación.

Ian no sabe bien cuáles son esos planes.

Se dirigen a la parada del tranvía. Él tiene la tarde libre y piensan aprovecharla juntos. Corina sigue feliz. Las tinieblas no consiguen eclipsar la luz que irradia su rostro. Según se alejan del CERN, el tiempo parece mejorar. Bajan en su parada y van directos al apartamento. El estado de ánimo de Corina es contagioso. Se han besado en el tranvía y al pie de varias de las farolas de la avenida, como dos adolescentes enamorados. La alegría de su novia se refleja en su forma de moverse, de sentarse, de caminar, de seguir las baldosas o de hacer equilibrio en las líneas de adoquines. Es lo que más le gusta de ella. Su compañía consigue que su carácter monocorde y racional se desestabilice, que sufra los altibajos que le hacen sentirse vivo.

Al llegar al apartamento, Ian se da su ducha habitual. Cuando empieza a mojarse la cabeza con agua fría, se le une por sorpresa Corina, que entra también con los ojos cerrados y con grititos de escalofrío. Deja que el agua le recorra sensualmente el pelo y la espalda, erizándole la piel, hasta que, con una expresión ingenua, gira el mando de la temperatura, se embadurna de gel y, entre besos y caricias, le desliza las manos desde los hombros hasta la cintura, haciendo que el ambiente también se caldee.

La expresión de éxtasis de Ian, al cabo de unos minutos, se mezcla con el vaho y el pasmo mientras cae de rodillas junto a Corina. No se esperaba, ni le hubiese pedido nunca, un final de película. Ella enjuaga su sonrisa y desvía tímidamente su mirada neófita.

Todavía algo húmedos, van a la habitación. Ella le saca del armario un traje informal, moderno. Ian ni siquiera recordaba que lo tenía. Se siente absolutamente dichoso con el regreso de Corina a su lado. Sin ella no está completo, es como su yang. La necesita. Ella vuelve al aseo y al poco sale con un vestido corto y ajustado. Todo su ser ha logrado un nuevo récord de «luminosidad». Se ha superado. Esta noche van a celebrar algo por todo lo alto. Los dos se lo merecen, aunque Ian no está seguro de lo que van a celebrar realmente. ¿La puesta en marcha con éxito del acelerador, el plan alternativo de su madre o su compromiso? Quizá un poco de todo.

Nada más salir del estudio, Corina sonríe con picardía; sabe dónde van a cenar y todavía no quiere decírselo. Llegan andando a la parada de Maisonnex para tomar la línea 18 hacia el lago Lemán de Ginebra. Caminan junto a los barcos amarrados imaginando historias sobre los dueños. Ian prefiere motor; ella, vela. Siguen por un espigón que se adentra en el lago. Pasan bajo un gran arco del que cuelga el cartel «Bains des Pâquis». En mitad de la escollera hay unos restaurantes junto al agua. Es un lugar agradable y romántico. Las nubes del atardecer van encerrando un cielo de plata.

El restaurante que Corina ha elegido es discreto, pero elegante. Mientras esperan al *maître* que los acomodará en su mesa, Ian se fija en la barra. Hay un hombre de espaldas que le llama la atención. Es alguien que de alguna forma desentona, que no encaja allí. Lleva ropa vieja, y su forma de moverse es brusca y torpe. ¿Es el mismo vagabundo del bar donde Javier Gil se reunió con la madre de Corina? No puede ser.

—Acompáñenme, por favor.

El *maître* los lleva hasta su mesa. Es temprano y todavía no hay mucha gente. Solo tres mesas más. Ian, cautivado por el encanto, disfruta en silencio observando la forma, casi de contorsionista, en que Corina toma asiento a causa del ajustado vestido. No tarda en quitarse los tacones y quedar descalza. Así es Corina, y esos pequeños detalles le fascinan.

—¿Te gusta? —le pregunta con un guiño.

—Me encanta —responde Ian con sinceridad.

La temperatura es cálida, con una agradable brisa que les acaricia la piel. Las vistas al lago son impresionantes. A unos tres metros, en la superficie del agua, flota un octógono de madera con un trío de flauta, fagot y piano que interpreta piezas de Chaikovski. Al fondo se aprecia una columna de agua que emerge del lago, como un gran géiser.

Corina acerca la mano sobre la mesa hasta que los dedos de ambos se rozan.

—A veces, como ahora, pienso que solo existimos tú y yo y que todo lo que nos rodea no es más que un escenario con actores puestos para cumplir nuestros deseos... ¿Cómo si no podría ser todo tan perfecto?

Ian la acaricia con la mirada. Desde la época de París no la había visto así de contenta.

—¿Qué desean tomar?

—La especialidad de la casa —responde Corina sin pensárselo un segundo.

El camarero se marcha con una inclinación de cabeza.

—¿«La especialidad»...?

Corina se ríe, pero no responde. Ian mira en varias ocasiones al borracho de la barra. Algo en su interior le dice que no debería estar allí, y no solo por la ropa y los modales poco distinguidos. Es como si en una foto en color apareciese una persona en blanco y negro, que sería aquel tipo. No llega a verlo bien, y aunque le viera la cara, tampoco cree que pudiera recordarlo. No consigue verle la cara, y aunque tampoco recuerda con claridad las facciones del otro tipo, algo le dice que son la misma persona. ¿Cuál fue la pregunta que le hizo en el pub?

El camarero interrumpe sus pensamientos, coloca un soporte en el centro de la mesa y luego deja un cazo rojo sobre él. En el interior se adivina un suculento blanco cremoso.

—La *fondue* más típica de Ginebra —asegura Corina.

Lo cierto es que la disfrutan. El ambiente y la compañía hacen que la comida sepa incluso mejor. Luego piden un par de platos más y charlan de los buenos momentos del pasado, olvidándose de todo cuanto les rodea. Solo existen ellos dos.

—¿Les ha gustado la *fondue*? —interrumpe el camarero tras esperar un rato, invisible, para llevarse los platos. Los dos asienten—. ¿Repetirán los postres? —Corina asiente. ¿«Repetirán»? ¿Es que Corina ha ido antes? Él nunca ha estado allí—. Como suponía que repetirían, me he tomado la libertad de marcharlos y ya deben de estar listos para servir.

La elección es acertada. Están exquisitos. Ian volvería al restaurante solo por el postre. Piden la cuenta. El camarero vuelve a interesarse por si todo ha sido de su agrado. Corina, mientras hablan con él, le acaricia con los pies por debajo de la mesa. Cuando se encaminan hacia la salida, el individuo de la barra se gira y les habla:

—¿Cómo sabía la respuesta, amigo? Muy poca gente conoce la respuesta antes que la pregunta, ¿verdad? ¿Acaso es un mago?

Ian se detiene. Está claro que se dirige a él, pues le mira fijamente. Nadie parece prestarle la más mínima atención y Corina no es una excepción, pues la ve salir del restaurante sin ni siquiera girarse. Ian duda un momento, pero acaba por imitarla. Al cerrar la puerta, borra el episodio de su mente. No piensa dejar que un borracho le fastidie la velada.

Corina se ha adelantado unos metros y le espera, impaciente.

—¿Qué hacías?

Ian se encoge de hombros y camina a su lado. La noche es perfecta. Las nubes han desaparecido por completo y se ha quedado una noche perfecta. Sus dedos se entrelazan y la luna, fría y resplandeciente, les ilumina el paseo por el espigón. Sería el momento ideal para entregarle el anillo de compromiso si no lo hubiese hecho ya, o, mejor dicho, si ella no lo hubiese cogido.

El espigón se estrecha según se adentra en el lago. A ambos lados hay una fina playa de cantos rodados. Corina tira de él hacia un tobogán que termina en el agua. Ian se resiste, pero ella se descalza de nuevo y lo empuja a los guijarros. Él la ayuda a subir y, sin pensárselo, se lanza liberando las piernas de estrecheces. Por fortuna, el agua solo le llega hasta las rodillas y no pierde del todo el vestido.

—Está helada, como a ti te gusta —dice, burlándose de su costumbre de ducharse con agua fría—. ¿No vas a probarla?

—Me gusta el frío en la cabeza, no en los pies.

—Pues solo tienes que tirarte de cabeza.

Le da un cariñoso azote en el trasero con los zapatos que lleva en las manos y continúan caminando. Ian reconoce el dibujo de los adoquines. Es un teselado de un maratoniano que corre al mismo tiempo en todas direcciones, una imagen infinita sin principio ni fin. Le sorprende reconocerla porque nunca ha estado allí. Quizá lo hayan copiado de alguna publicación. Atraviesan un pequeño parque con bancos y máquinas de ejercicio vacías. Al final del espigón hay un faro rodeado por una valla que impide el acceso. La bordean y se sientan en el extremo con los pies a pocos centímetros del agua. Al fondo, se eleva majestuoso el enorme chorro de agua que sale del lago.

Corina contempla ensimismada el agua bajo sus pies. Se ve con nitidez el reflejo de ambos. Lo señala y dice con voz soñadora:

—¿Te imaginas que son nuestros otros yoes?

—¿A qué te refieres? —pregunta Ian, aunque lo sabe perfectamente.

—Al mundo simétrico, tonto. —Le da un codazo—. Idénticos a nosotros, o casi. Siempre que no haya perturbaciones entre ambos...

Ian coge uno de los cantos rodados y lo lanza al agua, junto a su reflejo. Las ondas atraviesan y difuminan la imagen de sus simétricos.

—Supongo —dice Ian— que si algo pudiese cruzar de un mundo a otro, como lo ha hecho la piedra, también provocaría interferencias. Estas agitarían primero y con mayor intensidad el lugar del impacto y luego se expandirían hasta perderse suavemente, como hacen estas ondas.

—Somos y no somos nosotros. Iguales pero diferentes. —Corina interrumpe su reflexión por unos segundos—. ¿Y si nuestros reflejos estuviesen entrelazados como las partículas? ¿Y si todo lo que hiciese uno le afectara instantáneamente al otro simétrico? ¿Y si nuestra conciencia pudiese viajar de uno a otro... o fuese en parte compartida?

—No lo creo. En caso de existir esos otros mundos, sus habitantes serían personas distintas de nosotros. Conciencias distintas. De otra forma provocaría una paradoja.

—¿Qué le dirías a tu otro yo si pudieses comunicarte con él?

—No lo sé. Seguramente lo mismo que él querría decirme a mí. —Ian se lleva las manos a la boca y, gesticulando de modo exagerado, grita—: ¡Hola, otro yo! ¿Lo ves? Me imita. —Corina se ríe y le da un nuevo codazo amistoso—. Aunque si el tiempo fluyera al revés para mi otro yo... —prosigue Ian simulando una profunda reflexión—, quizá le pediría el número de la lotería premiado de la semana pasada.

—Muy gracioso. —El semblante de Corina se torna serio y mira la imagen fijamente—. Yo le preguntaría por sus primeros años de vida. Sus recuerdos serían mi futuro y viceversa. ¿Qué recuerdos tendría? Si eso fuera lo que ella me preguntase, la prevendría del dolor que sufrirá por la falta de atención de sus padres.

Pasan unos segundos en silencio. Ian también advertiría de muchas cosas a su otro yo para hacerle algo más llevadera la infancia, pero no lo dice en voz alta. Es un imposible. Al fijarse de nuevo en el reflejo de Corina junto al suyo, y reconociendo la dicha de su compañía, también se le ocurre que incitaría a su otro yo a que le entregase el anillo de compromiso en París y evitara aquella nota de despedida. Aunque si el tiempo fluye al revés debería...

—¿Estarán ahora bajo la luz de la luna como nosotros? ¿Sentirán lo mismo? —Corina vuelve a la carga aumentando la presión en sus manos todavía entrelazadas.

En ese momento pasan unos cisnes justo por delante y desfiguran sus reflejos casi por completo. La atención de ambos se centra ahora en la belleza de esos majestuosos animales.

HERMAN HAHN

El legado del CERN
Ginebra, 27 de febrero, 8.56

42

El doctor Hahn se encuentra atrincherado en la sala de reuniones situada en la primera planta del Edificio de Control. Es temprano y desde allí puede ver cómo se preparan las mesas auxiliares para el cóctel con *finger food* y pinot blanco y rosado en la planta de desarrollo, que han convertido en un circo. No tardan en llegar los primeros asistentes, entre ellos su colega el señor Waas.

Estos actos son tan inútiles como necesarios. En los tiempos que corren la publicidad es vital para atraer y mantener la inversión. Es importante mostrar una cara amable al mundo; transmitir al gran público que aquí, en el CERN, se hace algo valioso y dejar claro que no se trata de un grupo de chalados que gastan el dinero de las pensiones y de la sanidad en artefactos caros que pueden provocar el fin del mundo. Hay que hacerles ver que, gracias al gran colisionador, se producen descubrimientos que pueden redundar en beneficio de cualquier ciudadano, como la World Wide Web, que empezó como un sistema de comunicación del CERN desarrollado por un empleado y acabó aplicándose en todo el mundo.

Ve entrar a la prensa, unos veinte periodistas acreditados, todos juntitos como un rebaño. Larry Waas los recibe. En eso es bueno; es un jodido gran lameculos. No tarda en llegar el comité de seguridad, esos supuestos expertos de diversos países que se arrogan la capacidad de decidir si el colisionador está en buenas condiciones técnicas. Ahí van los lobos con piel de cordero. El señor Waas también los atiende.

Pronto se forman los corrillos naturales. Los jefes de departamento y de proyecto, los trabajadores de cada especialidad... Él ya debería estar con su grupo, pero prefiere esperar. Pasará el menor tiempo posible en la fiesta. Además, nadie le tiene mucho aprecio personal y no le echarán en falta mientras cumpla con su parte institucional. Quizá sea un tanto culpable de esta escasa popularidad entre sus compañeros. Lo prefiere así. El ruido aniquila los pensamientos. De otra forma, las pérdidas de tiempo a causa de formalidades y reuniones sociales serían mucho mayores. Lo importante es que nadie pone en duda su trabajo. Es realmente bueno en lo que hace, el mejor, y nadie se atreve a cuestionarlo.

Ve al joven Ian entrar con su pareja. Es políticamente incorrecto decirlo en público, pero si se casan y tienen hijos la prometedora carrera del muchacho podría malograrse. Los hombres de ciencia, los verdaderos científicos, al igual que los hombres entregados a Dios, no pueden llevar una vida normal. No admitirlo es engañarse a uno mismo. Ya se lo dijo al señor Waas y volvería a decirlo ante quien fuera.

El continuo murmullo que llega de la planta inferior cesa de pronto. Su colega Waas se adelanta hasta un espacio que la gente abre inconscientemente. Es el encargado del primer discurso; luego será su turno. Herman Hahn se coloca su cota de laboratorio sobre el traje y desciende al ring. Gracias a la intervención de Waas puede llegar hasta sus compañeros sin saludos ni interrupciones. Aplaude como el resto cuando Larry Waas termina de hablar y coge una copa de la mesa. Apenas ha podido oír un par de frases, pero dejarse llevar por la manada es muchas veces lo más sencillo. Ahora es él quien entra en la zona despejada. Se hace de inmediato el silencio casi sepulcral que quiere para empezar.

—Todo lo que hemos conseguido aquí, en el CERN, es el fruto del trabajo y del sacrificio de hombres que han consagrado su vida a la ciencia. Hombres que se han entregado a ella para ejercer un sacerdocio. El mismo conocimiento será su legado para las generaciones venideras. Algo mucho más valioso que los bienes o el dinero, pues estos son perecederos y el conocimiento es eterno. —Hace una pausa estudiada y levanta la copa—. Caballeros, es el momento de hacer historia.

Aprovecha los aplausos para escurrirse; solo se detiene un instante para felicitar al joven Ian Blom. Ha hecho un trabajo impecable que merece reconocimiento. Por fortuna, no está con su prometida y evita las presentaciones formales. Es en estos casos cuando sus comentarios desatinados, por no llamarlos sinceros, suelen granjearle enemistades muy duraderas.

43

Herman abandona el Edificio de Control y se aísla en su despacho. Sus obligaciones programadas han concluido con ese breve discurso y no quiere que la prensa le haga preguntas incómodas sobre el papel que desempeñará en el nuevo acelerador de Japón. Su colega Larry Waas los atenderá a la perfección y satisfará sus interminables preguntas trampa.

No enciende las luces ni el ordenador. Simplemente se sienta en su sillón y cierra los ojos. Necesita estar solo y concentrado, como un boxeador antes del combate. Le sobra la gente, tanto amigos como enemigos. Si fuese creyente, rezaría. Si fuese bebedor, sería un buen momento para tomar una copa. La inmensa soledad le protege incluso de esas diatribas. El gran LHC va a ser puesto en marcha de forma oficial y, aunque ya tendrán tiempo de hacer cientos de comprobaciones, el más mínimo contratiempo en estos momentos podría ser fatal. Un simple apagón saldría en primera plana en toda la prensa especializada. Es muy importante que en estas primeras semanas no suceda nada difícil de ocultar a la opinión pública. Después, cualquier contratiempo solo será un minúsculo pie de página sin mayor transcendencia.

44

El doctor Hahn abandona el CERN, convertido ahora en parque temático. Tras la fiesta principal con motivo de la puesta en marcha del acelerador, hay organizados multitud de eventos para entretener a los curiosos que han asistido: charlas, comidas, etcétera.

Lo importante es que la bestia ha despertado de nuevo y parece funcionar a la perfección. Con todo, hasta que transcurran varias horas sin incidentes no estará tranquilo. El mero hecho de pensar en aquel grupo de entrometidos paseando por su campus le crea tal ansiedad que no puede concentrarse en el trabajo. Y su presencia en el centro no cambiará lo que tenga que suceder. Cierra el despacho y se dirige al aparcamiento.

Conduce sin prisa por la route de Meyrin y luego por la rue de Lyon, dejando a la izquierda el parque Geisendorf y a la derecha el Museo Voltaire, para atravesar el Ródano y plantarse en el centro de Ginebra. Aparca en la avenida de los museos, en los que nunca ha entrado, y pasea por las calles mirando sin mirar los escaparates y fingiendo ser uno más de los transeúntes. A veces le gustaría ser como ellos y no tener preocupaciones más allá de adónde ir a cenar esta noche, si gana o pierde su equipo favorito u organizar el próximo viaje. Pero la realidad es que él, allí, entre ellos, es un intruso, y aunque se esfuerza en imitarles, hay momentos en que casi teme que lo señalen con el dedo. No encaja y siente que los demás pueden notarlo. No recuerda la última vez que paseó por placer, sin ningún objetivo concreto. Y parece que en esta ocasión también tiene uno. Sus pasos inconscientes le llevan hasta la catedral de San Pedro.

Entra.

Sabe que no se encuentra allí por casualidad. Están oficiando misa y un puñado de feligreses ocupan los primeros bancos. Respetuoso, se queda de pie y al fondo. Una curiosa mezcla de estilos conforma el majestuoso edificio. Toda una obra de ingeniería legado de otras épocas.

Termina la misa y van saliendo los asistentes. Él permanece quieto hasta que no queda nadie. El lugar transmite sosiego y al mismo tiempo le abruma. Ese debía de ser el propósito de aquellas construcciones mastodónticas. Abrumar, someter y abrir los espíritus de los que penetrasen en su interior. Herman, aunque quisiera rezar, no sabría.

El cura recoge su parafernalia del altar con exasperante meticulosidad. Hace tiempo que ha reparado en su presencia, pero no parece tener ninguna prisa. Solo se acerca cuando termina y previa genuflexión teatral, volviéndose hacia el altar. Aún está joven. Los años han sido más benévolos con él.

—Dichosos los ojos. ¡Herman Hahn! Y yo que pensaba que el Señor ya no hacía milagros.

—Doctor Hahn.

—¿«Doctor»? Yo veo a la persona, no el cargo mundano. No encierres tu alma con títulos huecos y pasajeros.

Herman sonríe. Agradece un poco de sinceridad en lugar de la acostumbrada obediencia por temor. Está claro que no le teme.

—¿Qué te trae por aquí, buen amigo? Odias las iglesias.

Herman guarda silencio por unos segundos.

—¿Tanto odio veis en mi interior? Odio a las mujeres, odio a mis alumnos, odio a la Iglesia. —Hace una pausa—. Quizá estéis en lo cierto y odie lo que amo..., pues también odio el jodido alcohol.

El cura suelta una carcajada.

—Sigues siendo el mismo... Frases ingeniosas para ocultar tus verdaderos sentimientos.

—Tú también, Franz. Sigues siendo mi contrapeso en la balanza. —Se ríen los dos—. Veo que te ha ido bien —afirma Hahn, levantando los brazos para abarcar cuanto le rodea—. Pero dime, ¿has encontrado por fin a Dios?

—Fue él quien me encontró a mí, viejo amigo. ¿Y qué me dices de ti? Cuéntame... ¿Ha saciado tu alma la ciencia? ¿Has encontrado lo que buscabas en ella?

—Sigo buscando, compañero. Pero creo que estoy realmente cerca. Quizá esté yo más cerca que tú de contemplar el verdadero rostro del creador cuando me asome al origen de todo.

El cura sonríe.

—Ambos sabemos que hay cosas que la ciencia jamás podrá explicar. Creo que la búsqueda en sí misma es la meta y no el camino.

—¿Nunca has dudado? ¿Nunca se ha tambaleado tu fe?

—Claro. Dudo, luego insisto.

El doctor no puede evitar una carcajada sincera.

—¿Por qué vienes ahora, Herman?

—¿Y si te dijera que quiero confesarme?

—No te creería. Creo que es más fácil ver a un camello pasar por el ojo de una aguja que al insigne doctor Hahn en el confesionario.

—Hay una mujer...

El cura sonríe.

—No, no me refiero a eso... Bueno..., a eso también. Lo que quiero decir es que, además de atractiva, es inteligente. Muy inteligente. No es su físico lo que me preocupa en esta ocasión. Ha propuesto realizar un experimento que podría paralizar algunas investigaciones que llevamos a cabo en el CERN... Y no puedo permitirlo.

El cura, apoyándole la mano sobre el hombro, le invita

a caminar entre los bancos. Se sientan en el centro de la nave.

—Es diferente, Franz. Es una mujer brillante y luchadora. No se rinde con facilidad...

—No me irás a decir que te has enamorado... ¿Cómo definías el amor en la facultad?

—El amor es dar o recibir, y nunca ambas cosas, como se pretende.

El cura niega con la cabeza, amistosamente.

—El Herman Hahn que conozco nunca se enamoraría, y si se enamorase nunca lo admitiría, ni siquiera en el confesionario, porque nunca se confesaría. ¿Qué ha cambiado? ¿Por qué temes a esa mujer?

—Porque sabe algo que solo yo debería saber. Algo baladí, pero que nunca he compartido con nadie.

—Y... —le anima a que se explique.

—Y eso implica que yo mismo se lo he dicho... o que se lo diré —añade tras una pausa.

Ambos hombres guardan silencio unos segundos.

—¿Y si mi ansia de conocimiento pudiese desatar el fin del mundo?

El cura le mira con incredulidad.

—Vaya, Herman... Sí que tienes el ego inflado. El fin de los tiempos nada menos. El juicio final. El gran doctor Herman Hahn es el que hará que se cumplan las profecías. El cuarto jinete del Apocalipsis. ¿No te parece un poco soberbio? —Su antiguo compañero, ahora cura, es el único que consigue ponerlo en su lugar. Empequeñecerlo.

Hacer que suene como un idiota—. No lo creo, Herman...
Si lo que buscas es conocimiento, adelante. Para eso Dios
nos ha dotado de inteligencia. Recuerda la frase: «Pedid y
se os dará». Amigo Herman, no tengas miedo de morder
la manzana.

2027
(Seis años después)

HERMAN HAHN

Y los sueños... ¿sueños son?
Tokio, 5 de marzo, 21.05

45

—Antes de despedirnos, quisiera hacerle una última pregunta..., una cuya respuesta solo usted conoce.

»Hace unos meses, cuando por falta de financiación casi se decidió cancelar de nuevo el ILC de Japón, usted concedió una entrevista a la radio. Leo textualmente la pregunta que le hizo el entrevistador: «¿Qué opina sobre la noticia de que se cancela el proyecto del ILC de Japón?».

El presentador hace una pausa antes de continuar.

—Usted, como primera respuesta, dijo literalmente:

«Quizá sea mejor así». Respondió con un susurro, pero inteligible. Luego matizó sus palabras... Pero ¿por qué dio esa primera respuesta? Esa controvertida frase causó mucha especulación en la prensa especializada.

—Fue a causa de un sueño. Hasta los científicos en ocasiones nos dejamos llevar por presagios o corazonadas...

—¿Qué fue lo que vio en ese sueño?

Herman tarda en responder. Aquella contestación nada tuvo que ver con un sueño, sino que la provocó la mujer sin nombre a causa de su maldito experimento alternativo y del hecho de que conociese el apodo de su antiguo compañero, el profesor Hide. Por un momento consiguieron hacerle dudar. Sabía que ese tema saldría en la entrevista de esta noche y tiene una respuesta preparada, acorde con las directrices del CERN. Tiene que mostrarse humano, cercano. No le gusta mentir —en eso se diferencia de su compañero Larry Waas—, así que da la respuesta que tiene preparada, que no es más que la verdad adornada.

—Soñé que mi voz del futuro trataba de advertirme de que algo malo sucedería al ponerse en marcha el ILC. Sin duda ese sueño fue inducido por la presión de la prensa y los malos augurios de muchos catastrofistas.

—¿Le asustó?

—Fue una respuesta inconsciente... Un comentario para mí mismo... No se puede clausurar la historia por temor a un oráculo desafortunado... Los sueños asustan, pero cuando despiertas quedan atrapados en su propia dimensión y no son más que eso, sueños.

2021
(Seis años antes)

IAN BLOM

Sala 22B
Ginebra, 27 de mayo, 9.15

46

Han pasado tres meses desde la puesta en marcha del LHC y todo funciona a la perfección. Han conseguido más energía, más velocidad y un mayor número de colisiones. El trabajo de Ian ha sido un éxito; ha mejorado la precisión de los detectores y a este ritmo se superarán ampliamente los registros de los años anteriores. Sin embargo, las nuevas partículas que tanto ansían descubrir se resisten a revelarse y, en consecuencia, la nueva física se resiste también. Aunque todavía es muy pronto para sacar conclusiones, apenas se ha podido analizar un uno por ciento de los datos que se almacenarán durante los siete meses previstos de funcionamiento ininterrumpido del colisionador. El verdadero balance se hará después.

Tampoco parece haber resultados concretos en la investigación alternativa que se lleva a cabo, en secreto, bajo las órdenes de la madre de Corina. Ian sabe que está en marcha, pero se mantiene al margen. Su relación con Corina ha mejorado sustancialmente. Es más estable que nunca y vuelve a sentirse cómodo con su vida. Ella no ha vuelto a hablar de su madre ni de su padre. Ian tiene curiosidad, pero no pregunta. Nunca lo hace. Quizá sea esa la razón por la que Corina se siente bien con él. Al parecer, tiene muchos fantasmas en su pasado que quiere que sigan sepultados. La comprende y lo respeta.

El sonido de un mensaje entrante en su móvil lo saca de sus pensamientos. Alguien, desde un número desconocido, le cita en el campus dentro de treinta minutos. No responde porque no es una pregunta. Algo así ha temido desde que se activó el LHC. Solo espera que no altere mucho su rutina diaria. El remitente debe de saber que se encuentra en el tranvía de camino al CERN y que llegará dentro de unos doce minutos. Le ha dejado un margen de tiempo suficiente para asistir a la cita.

Ian baja del convoy y se dirige directamente al lugar propuesto. Como intuía, es la madre de Corina quien le espera. Es una mujer inteligente, no puede negarlo, pero desaprueba los métodos que usa para conseguir sus objetivos. Ian se acerca a ella.

—Doctora Wells...

Ella le devuelve el saludo con una ligera sonrisa. Ni siquiera sabe su nombre de pila.

—Demos un paseo —propone la doctora, y fiel a su estilo habla sin rodeos—: Se han producido las primeras colisiones en las que una parte de las partículas resultantes desaparecen de forma sospechosa. Algo que ya ocurrió antes de la parada del LHC.

—Señora, apenas se ha tenido tiempo de recopilar y analizar los datos para llegar a conclusiones tan...

—No le ha dicho nada el doctor Hahn, ¿verdad? —le interrumpe la doctora. Ian niega con la cabeza—. El viejo doctor nos está complicando el acceso a los datos recabados. Pronto estaremos ciegos y no podemos fiarnos de él, así que he decidido cambiar de método.

—¿A qué se refiere?

—La idea es tomar la iniciativa y pasar a la acción. En vez de esperar a que nos llegue algún tipo de comunicación desde el otro lado, vamos a ser nosotros los que la iniciemos.

—¿Nosotros? ¿Es eso posible? —pregunta Ian realmente sorprendido.

—Como sabe, aquí todavía hay muchos trabajadores leales al profesor Hide. Ya está todo dispuesto. Empezaremos la transmisión esta misma tarde aprovechando que el doctor no estará en el CERN.

—¿Cómo está tan segura de que el doctor se ausentará? Se rumorea que duerme en su despacho.

—Los martes tiene una cita a la que nunca falta. Y mejor no pregunte, quizá la respuesta rebaje el idealizado concepto que tiene de él. Algo tan importante no puede estar en manos de un hipersexual egocéntrico.

—No me gusta que hable así del doctor.

La mujer se detiene y le atraviesa con la mirada.

—Su opinión no es relevante, joven artista. Esto es solo una invitación de cortesía. No tiene por qué venir.

—¿Y si los delatase al doctor?

—Eso mismo dijo Corina al principio. Usted no lo hará, como tampoco lo hizo ella. Y la razón es muy simple: sabe que tenemos razón.

—No tiene derecho a hablar de Corina.

—Ah, ¿no? Le recuerdo que es mi hija.

—A una hija no se la utiliza.

—¿Y qué futuro le espera con usted? Usted no es mejor que yo ni que el doctor Herman Hahn. Siempre antepondrá su trabajo a su relación. ¿Puede negar esa realidad?

—No puedo, pero sí puedo afirmar que quiero a Corina. Y no creo que usted pueda afirmar lo mismo.

La señora Wells no responde. Niega con la cabeza y se marcha diciendo:

—Le espero a las diecisiete y cuarenta y cinco en la sala 22B del Centro de Computación.

Ian Blom, algo enfurecido, se dirige al despacho del doctor.

Ian abandona algo defraudado el despacho de Herman Hahn. Pensaba que el doctor confiaba en él y que le haría partícipe de cualquier novedad en el proyecto, aunque es consciente de que su enfado no procede. Ni el doctor ni nadie en el CERN tienen por qué informarle de cuestiones que no estén relacionadas estrictamente con su trabajo.

Ian vuelve a su rutina diaria y trata de olvidarse de los tejemanejes que se traen entre manos la doctora Wells y el doctor Hahn. Sin embargo, cuando se aproxima la hora en la que la madre de Corina ha predicho que Herman Hahn abandonaría el CERN, se sienta en un restaurante con vistas a la salida trasera de su despacho. Sabe que el doctor suele utilizarla cuando quiere pasar inadvertido.

Et voilà, a los pocos minutos el doctor Hahn sale por ella. Ian se pone en pie y se sitúa junto al ventanal para seguir el mayor tiempo posible su ruta. No puede asegurarlo, pero parece que se dirige al aparcamiento más cercano. No cabe duda de que la madre de Corina está muy bien informada. Ian siente curiosidad por saber adónde se dirige, pero no dispone de tiempo para seguirlo. Tampoco se lo preguntará abiertamente al doctor o a la señora Wells. Nunca hace preguntas personales.

Ian apura el segundo vaso de leche de almendras y se dirige al Centro de Computación, donde le ha citado la señora Wells. Accede con su tarjeta de identificación y se pregunta cómo entrará ella, aunque ese pequeño escollo no
puede ser impedimento para una mujer con tantos recur-
sos. Diría que es más obstinada que el propio doctor
Hahn.

En la entrada hay una vitrina con comunicados del departamento y un mapa. No le cuesta encontrar la ubicación de la sala 22B. Para llegar a ella atraviesa la gran sala
donde trabaja Javier. Ya se han marchado la mayoría de
los informáticos y casi todo son sillas vacías, incluida la
de Javier. Al otro lado encuentra cerrado el pasillo de acceso. Empuja la puerta con fuerza, pero esta no se abre.
Mira a su alrededor para comprobar que no hay más accesos. Está en el sitio correcto. ¿Qué puede hacer? Un
discreto panel en un lateral le da una idea. Acerca su identificación y la puerta se desbloquea con un suave clic. Entra y vuelve a cerrar. Al otro lado hay un largo corredor
escasamente iluminado y que parece en reformas. Todas
las puertas que hay a ambos lados están cerradas, así que
avanza hasta la última, la 22B.

La encuentra entornada y entra sin llamar. En su interior están la madre de Corina y Javier Gil, este último sentado frente a cuatro pantallas.

—¿Cómo lo llevas, tío? —le saluda sin apartar la vista de ellas.

—No lo quieras saber... —responde Ian sin mucho entusiasmo.

—Ahora que estamos todos —interviene la madre de Corina dando una palmada—, podemos empezar.

Javier le explica a grandes rasgos el funcionamiento del experimento que se disponen a llevar a cabo. Habla con la misma pasividad de quien explica cómo funciona un programa de edición de texto, pero lo que dice podría ser algo grande. Muy grande. El ordenador está conectado con el lugar donde se encuentran almacenadas las partículas entrelazadas cuyos pares supuestamente han saltado al otro lado. Ahora las dos partículas, la de aquí y la de la otra dimensión, están enlazadas en un solo estado cuántico de *spin* nulo. La idea es realizar observaciones de los *spins* de este lado para determinar su ángulo de giro y, mientras están en observación, excitarlos con un novedoso método para provocar que cambien de dirección. Esto provocará que los *spins* de los otros pares, estén donde estén, al ser prácticamente una misma partícula, reaccionen de forma inversa, o sea, girando hacia el otro lado de inmediato. En definitiva, con este método intentarán establecer una precaria comunicación con otro universo, dimensión, tiempo o lugar, siempre y cuando, claro está, en el otro lado haya personas similares a ellos observando con el mismo interés los *spins* de las partículas entrelazadas para poder interpretar las variaciones en sus ángulos de giro.

Para poder entablar esta comunicación, Javier ha desarrollado un sencillo programa que traduce lo que se escribe en un programa de texto a un sistema similar al binario. Luego, el programa interpreta esos dígitos y excita más o menos tiempo el *spin* en observación. Como no saben qué partícula puede acabar alcanzando el otro lado ni cuál de ellas estará siendo observada por la gente de allí, lo aplicarán a todas las de este lado.

El objetivo es conseguir una respuesta escueta y coherente «desde el otro lado» que garantice que se ha establecido una comunicación. Se pretende empezar con algo simple. La madre de Corina ha propuesto plantearles un sencillo juego que consiste en completar frases o citas. Ian no ve inconveniente alguno. Lo importante es que se trate de frases muy reconocibles, como teoremas, principios o leyes que encierren en sus enunciados verdades incuestionables, algo que debe ser cierto por fuerza en ambos mundos.

La señora Wells, en cuanto Javier termina la explicación, se pone en pie y comienza a dictar mientras pasea por la pequeña estancia. Tenía razón en que la invitación era de cortesía, pues en verdad él no puede aportar nada. Tiene la impresión de que únicamente lo quieren como testigo.

—«En todo triángulo rectángulo el cuadrado de la hipotenusa es igual a...» Enviar. «Todo cuerpo sumergido en un fluido experimenta un empuje...» Enviar. «Los astros se atraen de forma proporcional al producto de sus masas e inversamente...» Enviar.

En la sala solo se oyen los pasos de la señora Wells, su voz y el repiqueteo de las teclas que pulsa Javier al introducir las frases en el ordenador. Seguramente las tenía preparadas, porque no hace pausas y no duda ni un segundo.

—«Si en un triángulo se traza una línea paralela a cualquiera de sus lados, se obtiene...» Enviar. «La longitud de una circunferencia es igual al...» Enviar. «El área de un círculo es igual al...» Enviar. —La mujer hace una pausa y pregunta—: ¿Cuántas frases van?

—Seis —responde Javier.

—¿Creen que serán suficientes?

—Muchas palabras nunca indican mucha sabiduría —responde Javier. Al ver el semblante de la mujer matiza sus palabras—. Eso dijo Tales de Mileto; me ha venido a la cabeza porque ha nombrado su teorema. Simplemente quería decir que son más que suficientes.

—Listo entonces.

Ian se aclara la garganta e interviene:

—Quizá deberíamos sustituir la ley de la gravedad de Newton por la teoría de la relatividad de Einstein.

—¿Y eso por qué?

—Si en el otro universo el tiempo fluye en sentido inverso, en estos momentos estará más generalizada, pese a que todavía no haya nacido su inventor. Curioso, ¿verdad?

La mujer le observa fijamente durante varios segundos.

—La añadiremos: «Energía es igual a la masa por la...».
Enviar. ¿Algún consejo más?

Ninguno de los dos habla. Ian no cree que sea necesario añadir nada más. El ordenador irá repitiendo una y otra vez las siete frases incompletas sobre los *spins* de las partículas entrelazadas cuyo par desaparezca tras las colisiones. La teoría está clara.

—¿Todo en funcionamiento? —pregunta la señora Wells.

Javier asiente.

—¿Y ahora qué? —dice Ian.

—Ahora a esperar coincidencias positivas.

Con eso se refiere a que alguien desde el otro lado complete alguna de las frases con la respuesta esperada —hasta un niño podría hacerlo—, aunque el proceso no es tan sencillo. Los del otro lado, en caso de existir, tienen que estar haciendo exactamente lo mismo y suponer exactamente lo mismo. Es difícil, pero posible.

—¿Y para cuándo cabe esperar una respuesta?

—Podrían responder ahora mismo —dice la mujer—, o pueden pasar días, semanas, meses..., ¿quién sabe? Quizá ya hayan contestado. Como bien ha apuntado, el tiempo no es tan lineal como nos gusta creer.

—Ya he oído alguna de sus teorías con respecto al tiempo —dice Javier para zanjar la conversación. Lo último que le apetece es iniciar un debate sobre el tiempo. Tampoco piensa advertirle de que el doctor Hahn está al tanto de su experimento clandestino.

—Muy bien. Ahora tengo que irme. Gracias.

Dicho y hecho. La señora Wells se marcha y los deja allí.

Ian estudia el contenido de los cuatro monitores. En la pantalla superior izquierda aparecen las frases incompletas dictadas por la señora Wells, y en la de abajo, un formulario en blanco a la espera de las órdenes de Javier, que no tarda en teclear: «En un lugar de la Mancha...». Su compañero le mira, sonríe y le da a «intro». La frase se añade a las del monitor superior. Ahora hay ocho. Ian no hace comentario alguno, incluso aprueba esta pequeña muestra de rebeldía. Supone que también estará harto de sentirse manipulado.

Las dos pantallas de la derecha contienen varias matrices de letras que van cambiando de forma aleatoria, o eso le parece. Le recuerda a los crucigramas.

—¿Qué significan esas sopas de letras?

Javier se lo explica escuetamente y busca una excusa para marcharse. Parece incómodo. Ian se queda solo frente a los monitores. Se sienta en el sillón de Javier y lee y relee las ocho frases inacabadas. Luego se vuelve hacia los monitores de la derecha, donde deberían aparecer las respuestas. Todo esto es una locura y se ha visto arrastrado a ser partícipe, cómplice y ahora testigo. ¿Habría accedido sin la intercesión de Corina? Seguro que no. El doctor acaba de decirle que su apuesta al decidir participar en aquel plan descabellado era muy arriesgada, una frase que le ha sonado a amenaza. Herman Hahn parecía estar al corriente de todo, y si esta locura fracasa es muy probable que su carrera también concluya. Por desgracia, las cosas nunca suceden como uno planea.

Transcurren las horas. En los monitores de la derecha no se forma ninguna combinación con sentido que supere las seis letras. ¿Hasta qué punto su novia está al corriente de este experimento alternativo? La quiere, pero no puede dejar de darle vueltas a su posible participación en todo este asunto. ¿Realmente su madre la obligó? Después de la nota de despedida que le dejó en París, ¿por qué se presentó en Ginebra como si nada hubiese ocurrido y sigue actuando como si jamás la hubiese escrito? ¿Es posible que Corina volviese solo para asegurarse de que él colaborase en los planes de su madre y del esquivo profesor Hide? ¿Volverá a marcharse ahora que el plan se ha consumado? Su mente no para y va más allá: ¿estará esperándole ahora en el apartamento? Es extraño, pero la duda de que Corina fuese realmente a buscarlo a Ginebra sigue ahí; tiene la sensación de haber estado viviendo solo todos estos meses. Sin embargo, lo más curioso es que otras veces duda de que la nota de despedida existiera fuera de su imaginación, y aseguraría que nunca se llegaron a separar.

Una prueba a favor de este último supuesto es que no logra recordar con exactitud su contenido. Es muy extraño. Él jamás lo olvidaría por mucho que se empeñase en ello. Nunca olvidaría algo así. Mientras se pregunta hasta qué punto ha participado Corina en este experimento alternativo, sus dedos teclean de manera casi inconsciente las palabras que puede recordar del contenido de la nota de despedida. La primera que escribe es «entrelazados». A esta la siguen otras. Hace cambios hasta ordenarlas según recuerda. Finalmente, lee en la pantalla la que parece ser la nota definitiva.

HERMAN HAHN

Tales de Mileto
Ginebra, 27 de mayo, 10.15

49

El doctor se sorprende cuando alguien llama a la puerta de su despacho. Levanta la vista del monitor y vuelve a fijarla en él haciendo caso omiso. Se enfurece cuando llaman por segunda vez. No tiene programada ninguna visita y su colega Larry Waas hace tiempo que no le molesta, en concreto desde que le prometió que no hablaría con él más allá de lo estrictamente necesario. Herman confía en que eso no haya cambiado.

—Adelante —dice con un agrio tono de voz.

Su humor mejora al reconocer al joven Ian Blom. Ha hecho un trabajo excelente con los detectores y se merece su atención.

—Pase, joven. No le esperaba, pero quiero aprovechar para felicitarle por su trabajo. Hasta ahora no había tenido ocasión, salvo en el fugaz encuentro en la fiesta de inauguración.

—Gracias, doctor.

Ian tiene el semblante serio y la mirada fija. Algo le ocurre.

—¿Qué le preocupa, señor Blom?

—¿Es cierto que se han observado indicios de nueva física en los análisis de las primeras colisiones?

—No se impaciente, joven. El experimento acaba de comenzar. Apenas llevamos un diez por ciento de las colisiones previstas y un porcentaje todavía menor analizado. Lo dije en la charla de bienvenida: en estas condiciones las variaciones estadísticas están muy presentes.

—No me ha respondido.

Es la primera vez que Ian Blom se muestra desafiante y a Herman Hahn no le gusta la actitud, así que busca en su repertorio una frase oportuna para hacerle salir del despacho. Sin embargo, antes de que pueda hablar, el joven parece darse cuenta de que se ha excedido y trata de enmendar su error.

—Disculpe, doctor. No pretendía ser impertinente.

—No hay nada concluyente. Hasta que tengamos un grado de certeza de sigma cinco no habrá comunicados oficiales ni tampoco internos. No quiero que vuelvan a filtrarse a la prensa conclusiones precipitadas que luego nos dejen en evidencia.

—Entonces es cierto que se han producido anomalías...

El doctor se pone en pie.

—Ya entiendo... Esa mujer también se ha puesto en contacto con usted.

Ian asiente, algo desconcertado.

—Por cierto, ¿conoce su nombre?

El joven duda un momento antes de responder.

—Yo la llamo la Reina de Corazones.

—Reina de Corazones..., creo que es un apodo acertado. Su idea es original y atractiva, tan seductora como ella misma, pero no deja de ser una mera conjetura, un gancho lanzado al aire. Y no podemos dejarnos llevar por corazonadas. Le recuerdo que esto es ciencia.

—¿Y si...?

—Primero obtendremos todos los datos derivados de las colisiones. Los analizaremos, y una vez que confirmemos con un grado de certeza del noventa y nueve coma noventa y nueve por ciento que sucede algo anormal, pensaremos en el siguiente paso —afirma tajante.

—¿Y si hubiese alguna posibilidad de comprobar lo que ella sostiene?

—Sospecho que no me está pidiendo permiso. Si fuera así, no lo tiene, pero tampoco pienso impedirle que siga con sus pequeñas conspiraciones. —El semblante de Ian se pinta de sorpresa y vergüenza a partes iguales—. Aquí nada se mueve sin que yo me entere. Ya debería saberlo, joven. Le agradezco que haya venido a contármelo, pero mi postura es firme. Y le recuerdo que las apuestas se pagan.

—¿Qué quiere decir?

—Quiero decir que si lanza un gancho, asegúrese de dar en el blanco o prepárese para recibir el impacto. Puede ser nocaut.

—Pero...

—Tengo mucho trabajo. Gracias.

50

El doctor Hahn, tras su cita semanal con la señorita Béla, sale del apartamento. Algo ha cambiado en su relación. Se ha vuelto más fraternal. Le cuesta hasta admitirlo, pero quizá le esté cogiendo cariño. Hablará con la madame para volver a la rotación «25 min/25 week», pues solo ha repetido con ella. En esta ocasión conduce por el centro de Ginebra antes de regresar al CERN. La avenida de los museos —¿los visitará alguna vez?—, su universidad —echa de menos enseñar en ella—, el gran lago... Se detiene cerca de la catedral de San Pedro. Le vendría bien otra charla con Franz, que quizá sea su único amigo. Una dosis de sinceridad siempre se agradece. Pero no baja; dentro de aquel pequeño habitáculo se siente protegido y a salvo de las inquisidoras miradas de los viandantes. Son dos espacios diferentes, dos mundos diferentes, y no quiere invadir el otro.

Comprueba que ha transcurrido el tiempo suficiente y

toma la route de Meyrin para volver al CERN. Se dirige directamente al Centro de Computación, donde, según le ha informado Javier Gil, se habrá reunido el pequeño grupo de conspiradores. Les ha dejado tiempo más que suficiente para sus maquinaciones y espera que ya no estén allí. No quiere ser partícipe, pero tiene cuentas pendientes con su antiguo compañero del CERN.

No hay respuesta a su llamada en la sala 22B. Entra de todas formas, la puerta está entornada. Encuentra al joven Ian Blom sentado frente a cuatro monitores con la cabeza caída hacia un lado. No reacciona a su saludo. Por un momento piensa que está muerto, que lo han asesinado porque, después de hablar con él esa mañana, se ha opuesto a los planes de la Reina de Corazones. Es evidente que empieza a dejarse llevar por los desvaríos de esa mujer. Ian solo está dormido, con los dos brazos apoyados en la mesa, junto al teclado. Herman sonríe, seguro de que nadie puede verlo, al descubrir que no es el único que duerme en un sillón de oficina. No hay rastro de la Reina de Corazones ni del profesor Hide.

El doctor se acerca a Ian, le pone una mano en el hombro y lo zarandea ligeramente.

—No se lo tome a mal, joven. Las mujeres son impredecibles. Quizá sea lo mejor para usted y para la ciencia.

Ian se despierta sobresaltado. Con el codo golpea el teclado, que cae y queda colgando del cable.

—Señ... doctor... ¿Qué hace usted aquí? ¿A qué se refiere con que las mujeres son impredecibles?

—A su novia —responde, señalando la nota de despedida escrita en la pantalla.

—Oh. No, no... Corina no me ha dejado. Es solo...

—Esa frase me suena a despedida. —El doctor se acerca a los monitores y los estudia con mayor detenimiento—. ¿Qué significan esas nueve frases? ¿No cree que la última desentona un poco? No se me ocurre cómo completarla. Porque eso es lo que se busca..., ¿verdad, joven?

—¿Nueve? —pregunta Ian, descolocado.

—¿Podría, por favor, explicarme con detalle cuál es el propósito de todo esto?

El joven le explica el proceso de comunicación entre distintos mundos o dimensiones mediante un sencillo juego que consiste en completar frases. Algo similar a lo que ya había deducido el doctor tras leer las ocho primeras. Algo tan sencillo como ambicioso. Cuando termina, Ian Blom añade:

—La última no debería estar. Debo de haber apretado sin querer la tecla «intro».

—O quizá su subconsciente haya querido prevenir a sus otros yoes de que su novia le dejará.

—Ya le he dicho que Corina no me ha dejado.

—Está bien, joven. Solo bromeaba. Ahora quiero que me responda con sinceridad: ¿ha estado el profesor Hide aquí?

—No. Solo ha estado la señora Wells.

—Así que la Reina de Corazones tiene nombre. —Ian se esfuerza en disimular su sonrojo—. Ella sola no puede haber organizado todo esto. ¿Está seguro de que no había nadie más? Quizá se durmió y no vio llegar al resto de los participantes.

Ian acusa el golpe.

—También había un trabajador del departamento de computación.

Herman asiente.

—¿Tampoco recuerda su nombre? ¿O era Peter Pan?

—Creo que usted lo sabe tan bien como yo.

Herman asiente de nuevo. Está bien que no quiera sentirse un traidor. Le permite que conserve algo de dignidad.

—¿A quién se le ha ocurrido este sistema de comunicación?

—A la señora Wells. Todo lo ha ideado ella. El compañero de computación y yo solo somos sus marionetas.

—¿Y las frases?

—También a ella. Bueno... La penúltima es de mi compañero, creo que es el inicio de una de las novelas más representativas de la literatura española.

—Conozco a Cervantes y su gran *Quijote*.

—Y la última es mía. Como ya le he dicho, la he añadido por accidente. Ambas las hemos incluido después de que ella se marchase.

—¿Puedo escribir yo mi frase? Puesto que Javier —dice su nombre con toda la intención— y usted han aportado las suyas, supongo que una más no malogrará el experimento. Además, el diez es el número perfecto, la totalidad del universo. ¿No está de acuerdo?

El joven se levanta y el doctor Hahn ocupa su lugar. Recoge el teclado, que todavía está colgando, y escribe: «¿Por qué no deja de ocultarse, profesor Hide? No le tenía por un cobarde. Díganos de una vez qué cree que sucederá en 2027».

—Supongo que ahora solo tengo que darle a «intro». ¿O prefiere hacerlo usted?

Sin dejarle contestar, aprieta la tecla y comprueba cómo su frase se añade a las otras nueve:

«En todo triángulo rectángulo, el cuadrado de la hipotenusa es igual a...».

«Todo cuerpo sumergido experimenta un empuje...»

«Los astros se atraen de forma proporcional al producto de sus masas e inversamente...»

«Si en un triángulo se traza una línea paralela a cualquiera de sus lados, se obtiene...»

«La longitud de una circunferencia es igual a...»

«El área de un círculo es igual al...»

«Energía es igual a masa por...»

«En un lugar de La Mancha...»

«Es el momento de que nuestros caminos diverjan. Ha sido apasionante. Nuestros espíritus permanecerán entrelazados siempre. Que la ciencia te acompañe.»

«¿Por qué no deja de ocultarse, profesor Hide? No le tenía por un cobarde. Díganos de una vez qué cree que sucedería en 2027.»

¿Y ahora cómo obtenemos la respuesta?

El joven Ian señala los dos monitores de la derecha. Contienen una matriz con miles de letras que rotan y desaparecen a gran velocidad.

—Partimos del supuesto de que desde un mundo simétrico..., o desde otros mundos paralelos..., nuestros otros yoes también tratan de comunicarse con nosotros de idéntica forma. Aquí el programa funciona a la inversa. Se realizan múltiples observaciones de los *spins* de las partículas entrelazadas que quedan a este lado. A cada variación de los ángulos de giro de los *spins* se le asigna un valor, y estos valores se traducen en letras mediante un programa desarrollado por Javier.

—Ingenioso. Descabellado, arriesgado y absurdo, pero ingenioso. Qué mujer.

—Las letras obtenidas pasan de una matriz inicial a otras con celdas dobles, triples, etcétera, siempre que unidas formen palabras incluidas en el diccionario y cadenas con sentido. En el momento en que una nueva letra de una misma lectura rompe el sentido, se elimina toda la cadena y vuelta a empezar. —Permanecen un buen rato observando las pantallas con las matrices de letras. Muy pocas alcanzan la tercera matriz y sucesivas. La inmensa mayoría acaban rápidamente eliminadas—. Si alguna de las palabras o frases formadas —aclara Ian— coincide con los testigos que completan las frases propuestas, saltará a una matriz diferente y se almacenará todo lo que transmita esa partícula antes de desaparecer.

Herman no dice nada, pero el sistema de comunicación le ha llamado la atención. Es cierto que en algunas colisiones que tienen lugar en el gran acelerador una parte del resultado está desapareciendo, y tienen la esperanza de que eso pruebe la existencia de otras dimensiones o la creación de microagujeros negros. Pero de ahí a inferir la existencia de otro mundo o mundos casi idénticos a este hay un abismo. No se levanta. Se queda allí sentado mirando los monitores y reflexionando. El joven tampoco se mueve. Pasan los minutos en silencio.

De pronto, una de las matrices capta su atención. Es la primera vez que una de seis celdas consigue mostrar un resultado. La palabra en cuestión es «manzan», pero la siguiente letra es una «z». Algo que no sirve de base para ninguna palabra del diccionario o para articular una frase, así que la cadena se borra.

Estar allí, frente a los monitores, se convierte casi en un ritual para el doctor. Al terminar la jornada laboral, en vez de continuarla en su despacho, ahora siempre se dirige allí. Podría pedir a Javier que le habilitase un acceso a las matrices desde el despacho, claro está, pero prefiere ir a la sala 22B, ya que casi siempre encuentra en ella al joven Ian. Hablan poco, pero la compañía es grata y el silencio, enriquecedor. Cuatro semanas después de la primera visita a la sala 22B hay tres palabras fijas en la tercera matriz, «catetos», «fluido» y «radio». Han coincidido con el testigo de las respuestas y están a la espera de su conclusión. Pero no parece que las frases que se han derivado de ellas tengan ningún sentido y no completan las frases inacabadas. «Catetos de puerta eslabón», «fluido farola a nieve»...

Es en la quinta semana cuando se produce la primera

coincidencia. Una de las matrices del monitor superior derecho destella en rojo a modo de aviso. La frase en concreto es: «La suma de los cuadrados de los catetos». Las observaciones de ese mismo *spin* generan la misma cadena en bucle hasta que deja de recibir información. La segunda coincidencia solo tarda unas horas. Llega pocos minutos después de la medianoche. Ian y él todavía están allí; la emoción de la primera coincidencia les ha hecho perder la noción del tiempo. En esta ocasión la respuesta es «de cuyo nombre no quiero acordarme». A Herman le parece curioso que precisamente sea esa la segunda respuesta.

Ambos se marchan con las primeras luces del alba. Excitados. El propio doctor empieza a contagiarse. Si realmente hubieran logrado establecer algún tipo de comunicación interdimensional con seres inteligentes, se trataría del mayor descubrimiento de la era moderna. Eso cambiaría por completo la concepción del universo y sus implicaciones serían inimaginables.

El doctor, ya en su despacho, pasea a lo largo de su peculiar museo de los errores. Solo así consigue serenarse y pensar con claridad. Pronto se recrimina haberse dejado llevar por la fantasía como un estudiante recién salido de la facultad. Esas supuestas respuestas están muy lejos de ser una prueba irrefutable de que se hayan abierto portales o se haya establecido contacto con otros universos o dimensiones. Lo que más le preocupa en esos momentos son las intenciones de la Reina de Corazones cuando se le informe de este hecho. No quiere que se filtre a la prensa un experimento tan poco científico como aquel, más propio de la ciencia ficción que de un centro de reconocido prestigio, y acaben cortándoles la cabeza. En cualquier caso, nunca tendría la confirmación oficial del CERN.

Al día siguiente el doctor, puntual, vuelve a la sala 22B. Ian ya se encuentra allí. Herman está más centrado y quiere evitar que el joven Blom se deje llevar por imposibles.

—¿Alguna novedad?

—Todo sigue igual que cuando nos marchamos. Ninguna coincidencia nueva.

—Una vez hablamos de la casualidad, ¿lo recuerda, joven? —Ian Blom asiente—. Estamos buscando palabras y frases cortas, concretas, y para ello analizamos unas observaciones aleatorias, ¿cierto? —El joven asiente de nuevo—. ¿Ha oído hablar del teorema del mono infinito? —Y, sin darle tiempo a responder, el doctor continúa—: Supongamos que a cada observación le asignamos de forma aleatoria una letra del abecedario y esto lo repetimos miles, cientos de miles de veces. No sería descabellado pensar que, por pura probabilidad combinatoria, acabasen por formarse palabras y finalmente las frases que buscamos. Si calculásemos la probabilidad real de que esto ocurra a estas alturas del experimento, quizá comprobaríamos que es más que posible que se hayan formado ya dos de los resultados buscados.

—Podría ser —admite Ian—, pero la combinatoria no podría explicar cómo la doctora Wells conocía el apodo de su compañero.

—Así que fue ella la que se las transmitió. Lo imaginaba... —Eso era cierto, pero Herman se mantiene firme y señala el monitor superior izquierdo—. Lea con atención las diez frases... —Le deja un tiempo para hacerlo—. Supongo que se habrá percatado de que las cuatro jodidas palabras, «entrelazados», «profesor Hide» y «2027», están incluidas en nuestras propias frases. Si realmente ha habido algún tipo de comunicación, esta quizá haya sido con nosotros mismos.

—Sigue sin explicar que la mujer conociese el apodo. A no ser que consideremos la viabilidad de una comunicación entre diferentes tiempos.

—¡Basta de suposiciones! Recuerde que del árbol del silencio pende el fruto de la seguridad. En lo relativo a las cuatro palabras, estoy convencido de que nosotros mismos les hemos buscado un sentido cuando en realidad no significan nada en concreto. Yo se lo he encontrado y apuesto a que usted también lo ha hecho. ¿Estoy en lo cierto? —Ian asiente—. Seguramente habría ocurrido lo mismo con cualesquiera otras cuatro frases o palabras. Lo siento, señor Blom, pero esto tiene que terminar.

En ese preciso instante llega una nueva coincidencia. Una tercera matriz parpadea en rojo como desafiando las palabras del doctor, «un triángulo que es semejante al triángulo dado». Herman se apresura a apagar el monitor; prefiere que Ian no vea la frase que completa el teorema de Tales.

—Pediré a Javier Gil que elimine de inmediato el programa y los resultados. No volveremos a esta sala nunca más.

—¿Qué le diremos a la señora Wells? ¿No le informaremos de la nueva coincidencia?

—Decírselo solo crearía más confusión y alimentaría sus teorías esotéricas de *UFO World*. Es el momento de volver a la ciencia, al paso a paso sin atajos. Sin dejarnos influir por sueños o fantasías.

—«Deja de pensar y termina con tus problemas...» ¿Es así usted, doctor Hahn?

El joven frunce el ceño unos segundos. Es evidente que quiere decirle algo más y parece estar buscando el valor para hacerlo.

—¿Podría escribir una última frase?

El doctor se siente aliviado; pensaba que iba a oponerse a su decisión, y eso no podía tolerarlo.

—Por supuesto, el teclado es todo suyo.

—Muchas gracias. Si no le importa..., es algo personal.

El profesor se aleja unos pasos y le observa teclear. Cuando acaba, Ian apaga el monitor y se pone en pie.

—¿Ha terminado?

El joven asiente.

—No puedo negarle que siento curiosidad. ¿Puede darme alguna pista?

—Como le he dicho, es algo personal. Solo puedo decirle que no se trata de un saludo, sino más bien de una advertencia a un conocido para intentar evitarle mucho sufrimiento en el futuro.

—¿Una advertencia? ¿Algún tipo de catástrofe?

Ian sonríe mientras niega con la cabeza.

—Nada de catástrofes... Solo me advertía de que el joyero no contuviese el anillo de compromiso antes de que abandonara Ginebra.

2027
(Seis años después)

HERMAN HAHN

Contra las cuerdas
Japón, 12 de marzo, 9.05

51

Por fin llega el esperado día de la puesta en marcha del ILC, el Colisionador Lineal Internacional de Japón. Y otra vez —luces, sonrisas y etiqueta— entra en escena el elenco de encargados de encumbrar la pantomima social para esta inauguración. Con todo, el doctor Hahn está satisfecho e impaciente. El LHC del CERN trabajó a la perfección en 2021, pero con los datos recogidos durante los siete meses de funcionamiento de ese año no se pudo confirmar el descubrimiento de una nueva partícula que abriera las puertas a la nueva física. Sí hubo evidencias y resultados anómalos, aunque sin las suficientes garantías para excluir un posible error estadístico. En 2022 hubo algunos fallos técnicos, a los que les siguieron problemas burocráticos que se derivaron en recortes de la financiación. Se retiraron parte de los fondos aprobados para los siguientes cinco años. De 2023 a 2026, el LHC pasó más tiempo parado que en funcionamiento. A finales de 2026 se activó de nuevo, aunque sin introducir la mayoría de las mejoras propuestas. Y lo más frustrante de todo, hasta la fecha no se han encontrado certezas.

El doctor Hahn ha suplido la inactividad de estos últimos años con el trabajo en el nuevo colisionador y sus constantes viajes a Japón. Es evidente que se necesita más potencia y precisión en las colisiones para encontrar las partículas que buscan. Hay que acercarse todavía más al origen del big bang, y el ILC es capaz de conseguirlo. Por ese motivo se ha centrado tanto en él; es su última esperanza.

Ian Blom sigue trabajando en el CERN al frente de los dos grandes experimentos del LHC, el ATLAS y el CMS. La mujer sin nombre, la señora Wells, desapareció poco después de que ordenase poner fin a su experimento clandestino y no han vuelto a saber nada de ella. El joven Ian, de forma inteligente, no insistió en el experimento paralelo. No volvió a nombrarlo desde aquel último día en la sala 22B. Por desgracia, tuvo que prescindir de Javier Gil. Sabía demasiado, tenía acceso a información sensible y la señora Wells podía controlarlo. Estos años han trabajado con total normalidad, como si nunca hubiese existido la Reina de Corazones más allá de sus fantasías.

Sin embargo, todo lo que sucedió en 2021 —y antes— vuelve ahora con fuerza a la cabeza del doctor Hahn: las advertencias del profesor Hide, las citas en su apartamento con la mujer sin nombre, el experimento de comunicación con otras dimensiones y, sobre todo, las respuestas que supuestamente recibieron, en especial la que él les ocultó a todos, incluido Ian Blom. Herman está inquieto. Todo giraba en torno a este día, a hoy. Ahora sabrán si algo de todo aquello fue real. Ya no hay marcha atrás.

El doctor entra en la Sala de Control, que es una réplica a gran escala de la del LHC de Ginebra. La gente que ha acudido al evento también es muy pareja, solo que los japoneses son más bajitos; quizá por eso todo lo que hacen es más a lo grande. Quizá quieran demostrar algo. Son educados y nada problemáticos. En su opinión, el que carece de la chispa de la genialidad la suple, y con creces, con la devoción por el trabajo. La inauguración también se celebra por todo lo alto, es mucho más pomposa que la del CERN. Incluso asisten a un deslumbrante espectáculo holográfico de fuegos artificiales.

Herman pronuncia su breve discurso y trata de marcharse de una forma discreta. Sin embargo, no puede librarse de los saludos e inclinaciones de cabeza en su camino. Al parecer, todos quieren saludarle.

Antes de alcanzar la puerta de salida cree ver un fantasma.

Lo sigue abriéndose paso entre el gentío que aplaude, brinda e intenta saludarle. Entra en una sala contigua en la que también están de celebración. Es un lugar menos glamuroso. Allí parece encontrarse el personal algo menos cualificado, aunque imprescindible para armar un mastodonte como el ILC. Todos son japoneses y la notable estatura del doctor, que supera el metro ochenta, no pasa inadvertida. Muchos se vuelven hacia él y no puede esquivar las infinitas inclinaciones de cabeza a modo de saludo. No conoce a nadie, pero todos parecen conocerle a él. Pasea la mirada y en parte se relaja al no encontrar al fantasma que creía haber visto.

Cuando se dispone a marcharse, alguien le coge por el hombro y se hace oír entre el alboroto.

—Un fuerte aplauso para el eminente doctor Herman Hahn. Sin él nada de esto habría sido posible.

Todos aplauden y vitorean con fuerza. Al doctor no le hace falta girarse, porque reconoce enseguida la voz.

—¿Qué hace aquí, profesor Hinne?

—Ahora trabajo aquí. Mantenimiento —dice, enseñándole la tarjeta de identificación—. Mi labor consiste en asegurarme de que no falle nada —añade con un guiño.

La primera reacción del doctor es de indignación, pero antes de que llegue a manifestarse le invade una calma serena.

—Me alegro de volver a verle, profesor.

—¿Está seguro de eso, doctor Hahn?

—Lo estoy. Digamos que su presencia aquí me quita un peso de encima.

—Me alegra oír eso. Acompáñeme, quiero presentarle a alguien.

El doctor Hahn le sigue. Las muestras de respeto hacia su persona no cesan según avanzan. Salen por el otro extremo de la estancia y entran en un gran salón de actos. Todas las butacas están ocupadas, y al levantar la vista hacia el escenario se encuentra con la nítida mirada de la señora Wells apuntándole directamente a los ojos. Al parecer, está dando, casi a la vez que él, una conferencia como representante de la Unesco —y, paradójicamente, al margen de la prensa— sobre las ventajas de una colaboración multicultural y multidisciplinar entre institutos de todo el mundo.

—¿Verdad que es maravillosa?

Herman asiente ligeramente y la escucha terminar su exposición sin demasiado teatro, pero con un aplomo y un talento dignos de admiración. Los aplausos enfebrecidos de los asistentes, en su mayoría japoneses, hacen que pase inadvertido mientras el profesor tira de él hasta el pie del escenario. Los aplausos arrecian cuando una joven sale de un lateral y se abraza con la ponente. Herman se queda pasmado. Las ve hacer un par de reverencias y, entre aplausos, bajar hasta ellos.

—Le presento a mi hija Corina y a mi esposa, aunque tengo entendido que ya se conocen.

—Así es. Nos conocemos. —Herman no sabe cómo reaccionar. Para empezar, siente que acaban de arrebatarle el control de la situación. Y, peor aún, comprende que no lo ha tenido nunca—. Pero no sabía...

—Durante los años que trabajamos juntos en el CERN nunca tuvo tiempo para conocerlas. ¿Cuántos años fueron, Herman? ¿Ocho?

—Nueve. Estaba muy ocupado...

—Nueve años ocupado, ¡uau! En una ocasión le enseñé una foto de mi familia, pero tampoco tuvo tiempo de mirarla.

—Mis prioridades eran y son otras. Lo sabe muy bien.

Corina le da un beso en la mejilla y la doctora le tiende la mano.

—Doctor Hahn, hemos abierto la senda a un nuevo conocimiento y hemos tenido la prudencia y la sabiduría necesarias para cerrarla, cada uno en su papel. ¿Es usted consciente de ello?

52

Herman Hahn abandona el campus del ILC y regresa a la última planta del hotel Park Hyatt Tokyo. La ubicación y la calidad son excelentes, allí recibe un trato exquisito y el Gobierno nipón ha mantenido la suite reservada exclusivamente para él durante los últimos tres años. Cuando algo les interesa van a por ello sin reparar en gastos. En Japón le tratan con mucha deferencia, le hacen sentir como a un campeón de boxeo antes del combate del siglo. No es algo que busque, pero lo acepta y se ha acostumbrado más deprisa de lo que desearía.

Hoy ha sido un día de sorpresas: la puesta en marcha con éxito del ILC y descubrir que la mujer sin nombre es la esposa de su antiguo compañero del CERN, el profesor Hinne, y, lo que más le desconcierta, que su hija es la novia, o exnovia, de Ian Blom. Esto último le lleva a recapacitar sobre cuál ha sido —y cuál es— el verdadero papel del joven Ian en todos los sucesos acontecidos desde que se unió al CERN.

Lo que no imagina el doctor es que el día todavía le tiene reservadas algunas sorpresas más.

Mientras se ducha para tratar de aclarar las ideas, alguien llama a la puerta de la suite. Es extraño. No ha pedido nada al servicio de habitaciones, que suele utilizar para evitar salir de la suya. Abre la puerta.

—Hola, doctor H.

La joven Béla entra directamente, como solía hacer en su apartamento, y le deja plantado bajo el dintel de la puerta. Como un tonto, él asoma la cabeza e inspecciona los extremos del pasillo del hotel, por si hubiera alguien más. Cierra la puerta y encuentra a la joven sentada cómodamente en el sofá de la suite y con el mando del televisor en la mano.

—¿Qué hace usted aquí, señorita? ¿Cómo me ha encontrado...?

—He venido para que veamos juntos su entrevista. Estoy segura de que lo ha hecho genial.

La joven enciende el televisor y busca un canal. La entrevista que hizo la otra noche se emite hoy con motivo de la inauguración del ILC.

—Dese prisa, doctor H., va a empezar de un momento a otro.

—No me hace falta verla —dice Herman, tratando de dar sentido a aquella visita—. Estuve allí, ¿lo recuerda?

—Pero yo no estuve, ¿lo recuerda usted? Venga, siéntese —le anima palmeando con la mano el sofá.

Herman Hahn toma asiento. Mira sin mirar cómo cambian los canales en el televisor hasta detenerse en uno. El aplauso de la señorita Béla, imitando la ovación del público del plató cuando le presentan en el programa, le saca de su ensimismamiento. Allí está el presentador pesado y engreído de la otra noche.

Es extraño verse en la pantalla. Bueno, en su caso es extraño ver televisión. Hace años que no lo hace. Según avanza el programa, la joven Béla va haciendo comentarios del estilo de «¡Muy bueno! Es usted un genio». Da palmadas. Ríe. Está contenta. Él no dice nada, pero no le desagrada lo que está viendo. Hubiera corregido ciertos detalles en sus respuestas, pero en líneas generales las considera satisfactorias. Entonces el presentador parafrasea una pregunta que le hicieron en una entrevista anterior. «¿Qué opina sobre la noticia de que se cancela el proyecto del ILC de Japón?».

El presentador hace una pausa antes de continuar.

«Usted, como primera respuesta, dijo textualmente:

"Quizá sea mejor así". Respondió con un susurro, pero inteligible. Luego matizó sus palabras... Pero ¿por qué dio esa primera respuesta? Esa controvertida frase causó mucha especulación en la prensa especializada.»

Herman se ve respondiendo: «Fue a causa de una premonición. Hasta los científicos en ocasiones nos dejamos llevar por presagios o corazonadas...». «¿Cuál fue exactamente esa premonición?»

El doctor Hahn se pone en pie y dice:

—No fue una premonición. —Béla le mira y baja el volumen del televisor—. No fue una premonición —insiste Herman—. Le dije a Javier Gil que omitiese en sus matrices de respuestas los resultados que contuviesen «2027». Solo yo tenía acceso a ellos.

—Tranquilo, doctor, a mí no tiene por qué darme explicaciones. Yo estoy con usted. Sus razones tendría para dar aquella orden al tal Javier.

—Llegó una advertencia —continúa el doctor. Realmente no le habla a ella, es más bien una confesión a la que lleva tiempo queriendo dar forma fuera de su cerebro. Herman preferiría estar ahora en la catedral de San Pedro con su amigo Franz—. En realidad llegó en bucle una misma advertencia que rezaba: «Cancelen ILC para evitar catástrofe en 2027». —El doctor hace una pausa. Levanta la vista hacia el infinito y continúa—: Tuve que tomar una decisión, ¿comprende? No podía saber si alguien realmente nos lanzaba una advertencia o fui yo mismo el que creó esa respuesta a través de millones de combinaciones. Me incliné por esta segunda opción. Esa frase podría ser la materialización de los temores que me inculcaron aquella mujer y mi antiguo compañero, el profesor Hinne. Además, solo yo conocía el apodo de este último; por lo tanto, si existió algún tipo de comunicación, tuvo que ser conmigo mismo. Para colmo, hoy he descubierto que la mujer es la esposa de Hinne. ¿Qué puede significar? ¿Por qué me lo revelan ahora? Además, su hija...

—No tiene por qué excusarse —le interrumpe Béla—. Estoy segura de que hizo lo correcto.

—¿Y si estuviese equivocado y la mujer del profesor tuviese razón? ¿Y si me convierto en el principal responsable de una catástrofe de alcance mundial? En cierta forma, encontrarme de nuevo esta mañana con el profesor Hide ha sido un alivio. Digamos que la responsabilidad ya no recae solo sobre mis hombros. No tengo claro si sus planes son sabotear el ILC o usarlo para continuar con su proyecto de comunicación interdimensional, y no quiero saberlo.

—Tranquilo, Herman —le consuela la joven, poniéndose en pie y abrazándole unos segundos.

El doctor se sienta de nuevo. No sabe por qué le ha contado todo aquello. Por primera vez en su vida se ha desahogado compartiendo todas sus inquietudes con otra persona. La señorita Béla no puede saber quién es toda esa gente que le ha nombrado, pero da igual. Hasta diría que se siente algo mejor. Ella se dirige al minibar y sirve dos whiskys. Le ofrece uno antes de sentarse de nuevo a su lado. La entrevista ha terminado y ahora empieza un programa sobre los entresijos del nuevo colisionador que entra hoy en funcionamiento.

—Relájese, doctor. Todo irá bien.

La señorita cambia de canal y lo deja en uno internacional de deportes. Él sostiene la copa de whisky en la mano. Ni siquiera lo ha olfateado.

—Enseguida va a empezar el combate por el cinturón de los pesos pesados. ¿Quién cree que ganará?

—No me gusta el boxeo —responde en tono áspero. Ahora quiere estar solo para poder pensar.

Ella le mira con cara de incredulidad.

—A todo el mundo le gusta el boxeo.

—A mí no. Nunca he visto un combate.

—¿Nunca? Pues quizá sea el momento de verlo para poder decidir con criterio si le gusta o no le gusta. —La señorita Béla levanta su whisky y dice—: Por el ILC. —Él tarda en reaccionar, pero finalmente acepta el brindis y se acerca el vaso a los labios. Lo huele—. Después de un brindis hay que beber. No hacerlo trae mala suerte. Y por lo que me acaba de contar, no deberíamos tentarla...

El carácter de la chica ha cambiado, incluso su forma de expresarse. Y el doctor teme enfrentarse a la pregunta de cómo es posible que le haya localizado en Japón. Bebe un sorbo y lo saborea. Paladear el fuerte amargor en la garganta al tragarlo depara un placer intenso.

Empieza el combate. Ella sube el volumen y la suite se llena con la voz del comentarista. Los dos boxeadores se mueven con precisión. Estudiándose. Con movimientos ágiles, calculados. Pies rápidos. Los golpes también lo son. Parecen dos máquinas siguiendo un complejo algoritmo. Hay belleza en esa precisión más allá de lo grotesco o primitivo de los golpes.

Herman toma otro sorbo más largo. Ella aplaude cuando uno de los boxeadores alcanza al rival y luego se acurruca en su regazo. Él, casi inconscientemente, le acaricia la mejilla. El combate sigue. Ambos lo disfrutan. En un momento dado, ella ladea la cabeza y le mira.

—Es usted un buen hombre, doctor H. No deje que el mundo diga lo contrario.

—Llámeme Herman, por favor.

La joven sonríe y se quita la peluca. Sus ojos se clavan en los suyos. Le abraza con fuerza y Herman quiere creer que es un abrazo sincero. Pero ¿cómo puede ser un abrazo sincero si no ha habido nada sincero desde que se conocieron?

—Siempre acudiré a usted si me necesita, Herman.

IAN BLOM

Ser o no ser
Ginebra, 27 de mayo, 7.45

53

Ian se despierta de madrugada. Desorientado. Le cuesta sacudirse un extraño sueño del que solo recuerda con claridad al vagabundo de la barra del bar repitiéndole una y otra vez: «Ser o no ser, esa será la cuestión». Faltan tres horas para que suene la alarma del despertador. Corina no está a su lado. No recuerda la última vez que estuvo. En esta ocasión se marchó de su lado sin despedirse ni dejar una nota de despedida.

La busca en el aseo y la cocina. Allí no hay nadie. Claro que no hay nadie, hace meses que no hay nadie. Le duele la cabeza. Abre la ventana para que entre algo de aire frío. Usa una manta a modo de capa y contempla las luces de las farolas de la calle. Permanece así varios minutos.

Abre el cajón del escritorio. En el fondo se encuentra el pequeño joyero en el que guardaba el anillo de compromiso que nunca llegó a entregarle. Lo pone sobre la mesa y juega con él. Se dice que, mientras no lo abra, su contenido lo componen infinitas opciones, todas válidas. ¿Estará el anillo dentro? ¿Realmente llegó a entregárselo alguna vez a Corina? ¿Lo cogió ella?

Teme abrirlo. Pero fue la curiosidad la que mató al gato de Schrödinger y no la partícula radiactiva incluida en la caja. Sonríe ante aquel chiste malo que se le acaba de ocurrir. Lo abre. El anillo no está, y en su lugar hay una nota de papel cuidadosamente doblada. ¿Qué hace allí? ¿Es la misma nota de París o una nueva? ¿Qué pondrá?

Al cogerla, tiembla entre sus dedos.

Se hace más preguntas. Si hubiese abierto el joyero otro día, ¿habría encontrado la nota en su interior? ¿O habría estado vacía? ¿O contendría el anillo? ¿Qué dirá la nota que sostiene? ¿Su contenido será el mismo si la lee mañana o dentro de unas horas?

La despliega con dedos inseguros. Hay algo escrito, pero no lo lee. Tiene que hacer acopio de toda su determinación para no leerlo.

¿Y si Corina, y su madre, tienen razón y existe un universo simétrico o cientos de universos paralelos idénticos? ¿Y si el universo se replica incluso en todos los sentidos del tiempo? ¿Y si se han creado puntos de interconexión y cruce accidental? Se imagina a miles de yoes idénticos, pero sutilmente diferentes. ¿Y si es cierto que de alguna forma esos universos se han «entrelazado» a causa de los microportales abiertos en las colisiones del experimento del LHC? ¿Y si, a partir de entonces, se han producido ligeros cambios? Recuerda aquella noche con Corina en el gran lago Lemán de Ginebra; la cena exquisita, el paseo hasta el final del espigón y los dos contemplando su reflejo en el agua. Recuerda la piedra que tiró y las ondulaciones provocadas sobre él.

¿Y si en cada yo ha pasado algo ligeramente diferente desde la conexión fruto de los experimentos en el CERN? ¿Y si en otro de los universos todavía está junto a Corina? ¿Y si en ese mundo le entregó el anillo en París la noche en que celebraron la oferta de trabajo que él había recibido del CERN y ella nunca escribió la nota de despedida? Pero si toda esta aventurada suposición fuese cierta..., ¿cómo funcionaría la conciencia de los diferentes yoes? ¿Son independientes o están entrelazados como las partículas de *spin* nulo? ¿Y si los cambios en uno afectan a los otros? ¿Y si son los recuerdos los que se están cambiando o mezclando entre universos? ¿Y si recuerda cosas que en este universo no han sucedido pero en otro sí? ¿Y si es la conciencia, el propio yo, lo que está saltando de uno a otro?

Sostiene la nota casi con miedo. Teme más que nunca que leerla confirme una realidad, esta realidad, y que su conciencia quede anclada para siempre a este universo. A este universo en el que hoy se ha despertado y en el que hay una nota dentro de la cajita en lugar de un anillo. El universo donde Corina ya no está con él. ¿Y si al leerla lo vuelve real y lo asocia a esa conciencia?

No consigue recordar con precisión desde cuándo Corina no está con él, pero esa nota no augura buenas noticias. Así pues, la dobla de nuevo, la introduce en la cajita y devuelve la cajita al fondo del cajón. Esperará a otra ocasión más propicia para leerla.

Se ducha y se toma la leche de almendras y la obligada cucharada de aceite con una gota de miel antes de coger el tranvía para ir al CERN.

Epílogologolípe

IAN BLOM

Adiós a Ginebra
Ginebra, 3 de febrero, 8.40

54

Ian borra el selfi en el que aparecían de fondo el edificio del CERN llamado Globo de la Ciencia y la Innovación y un ejemplar de un módulo criogénico idéntico a los que se encuentran en el túnel del LHC.

Recorre por última vez la Explanada de las Partículas, flanqueada ahora por veintidós de las veinticinco banderas que coronaban los altos mástiles. Es una lástima que tres países hayan abandonado la institución, aunque eso ya no debería importarle demasiado.

Su estado anímico fluctúa entre la euforia, por haber hecho realidad un sueño, y la tristeza, por llegar al fin de esta etapa de su vida; un equilibrio inestable. Lo mira todo con detalle una vez más, probablemente la última. Quisiera poder recordarlo siempre. Sus pasos le han llevado hasta el tranvía que lo alejará para siempre del CERN. Nada más llegar se abren las puertas y alguien se le cuela justo cuando iba a entrar. Lleva una sudadera oscura con la capucha ajustada y no le reconoce hasta que se sienta y se pone unos auriculares. Es Javier Gil, el informático del proyecto. Ian deja de presionar el botón iluminado junto a la puerta cuando esta queda cerrada por completo y, aunque no hay nadie más en el vagón, se sienta frente a Javier.

—¿También dejas el CERN? —pregunta.

Javier no contesta; seguramente los auriculares no le han permitido oírlo. En la parada siguiente suben tres pasajeros. El reflejo en la pantalla de la tableta no le deja distinguir lo que el encapuchado está mirando tan concentrado. Según avanzan, suben más pasajeros que los que bajan, y cuando se ocupan todos los asientos dobles, Ian se levanta.

Comprueba en el móvil que llegan a las paradas según la estimación de la propia aplicación del tranvía y que llegará a su destino en los treinta y tres minutos previstos. El convoy termina de frenar con un ligero tirón e Ian se suelta de la barra superior a la que se sujeta.

Su compañero Javier se quita los auriculares de la tableta y también la capucha. Ian presiona el botón para abrir la puerta y Javier Gil, sin decir ni media, choca con su hombro antes de bajar de un salto del vagón. Esperaba por lo menos una despedida después de todo lo que han luchado estos últimos meses. Ian presiona dos veces más el botón mientras ve a Javier alejarse corriendo hasta que desaparece entre la bruma. Es curioso, dentro del tranvía iba con capucha y fuera no la usa; parece que prefiere aislarse más de la gente que del frío.

Ian es el segundo en bajar y se queda en el andén mientras los otros pasajeros se van apeando. El tranvía se aleja y al cabo de un minuto pasa otro en sentido contrario. Solo una mujer de mediana edad se sienta en el banco de la parada; el resto de los viajeros tardan solo unos minutos en dispersarse y ser engullidos por la bruma o los túneles. Ahora quedan únicamente él y la mujer sentada, pero Ian prefiere esperar de pie. Permanece allí ocho minutos más y se dirige a su apartamento. La mañana es fría, aunque no le preocupa porque está a tan solo tres minutos andando.

Entra en el apartamento y se quita la tarjeta identificativa del CERN que lleva alrededor del cuello. Ya no la necesitará más. Cuelga la chaqueta y se afloja el cinturón. Va a la cocina y prepara la obligada cucharada con tres gotas de limón y aceite de oliva virgen extra. Este ritual es muy importante para él y espera desvelar pronto el motivo. Mientras lo lleva a cabo le invade una intensa sensación de seguridad y cariño; también de añoranza. Prepara los treinta y cinco centilitros de leche de almendras en un vaso que emula una probeta de laboratorio con las correspondientes medidas. Termina de desvestirse y mete la cabeza bajo la alcachofa de la ducha con agua fría. «Conexiones sinápticas a pleno rendimiento», suele decir cuando su querida Corina le recrimina por torturarse con agua tan fría, aunque en realidad es casi una necesidad. Luego, relaja su piel erizada con agua cada vez un poco más caliente y con un gel de burbujas que le regalará su fantástica novia. Finalmente se aclara y sale de la ducha.

Se pone cómodo y va a la habitación comedor. Siente una punzada de dolor en la sien al ver la cama vacía, sin el delicado cuerpo de Corina tendido en ella. Su chica ya se ha marchado. Aquel pequeño apartamento carece de salón, pero tiene una pequeña cocina y un aseo más pequeño todavía. Con todo, ha sido suficiente para los dos. Mira hacia la ventana e inspira profundamente diez veces. La habitación es relativamente amplia, con una cama de un metro y medio por dos, una estantería en la pared del fondo y un escritorio en el otro extremo. Hoy ha sido su último día en el CERN y quiere relajarse, borrar el estrés de estos últimos meses de arduo trabajo. Una fina capa de nieve lo pinta todo de blanco al otro lado de la ventana y las farolas de la calle están tocadas con un gracioso gorro níveo. El día ya empieza a oscurecer. Baja la persiana de la habitación.

Cuando se dispone a tumbarse, se detiene. Hay algo sobre el escritorio que antes no estaba. Se acerca y comprueba que es una hoja de papel con algo escrito que no puede leer porque se lo impiden sus cincuenta gramos de limaduras de hierro esparcidas sobre ella. Es extraño, el frasco donde las guarda está abierto y vacío.

Antes de leerla, comprueba que el pequeño joyero también está vacío y lo coloca en el fondo del cajón. En su interior guardará el anillo de compromiso que su novia ha llevado hasta ahora. Tiene que asegurarse de que la cajita siga vacía hasta el día en que se marche de Ginebra, momento en que la llevará consigo. Es muy importante que esto sea así, según decía el supuesto mensaje de otro universo. Es una completa locura, pero no pierde nada por intentarlo. Lo malo es que vuelve a andar corto de dinero. Ian sabe muy bien que todos estos objetos valiosos, incluido el anillo, tendrá que devolverlos tarde o temprano, ya que se teme que su sueldo en el futuro sea inferior al que ha tenido en el CERN. No cree que pueda encontrar un puesto de la misma categoría. Deja la nota sobre el pupitre y la lee.

Es el momento de que nuestros caminos se encuentren de nuevo en otro lugar. Ha sido excitante lo que hemos compartido hasta ahora. Estoy convencida de que, estemos donde estemos, nuestros espíritus permanecerán entrelazados siempre. Te espero impaciente en París, para visitar la aguja holográfica de Notre Dame antes de que vuelva a ser la de Viollet-le-Duc.

Te quiere,

CORINA

Así que París... ¿Por qué no? Está seguro de que será toda una aventura junto a Corina. Al parecer, todo marcha viento en popa entre ellos. Ian Blom, mientras piensa en ese futuro que ha dibujado su novia, usa el potente imán de neodimio que hay dentro del cajón del escritorio. Las limaduras se erizan como las púas de un puercoespín y lo siguen, superponiéndose unas con otras. Las llamativas estructuras que forman parecen casi de ciencia ficción. Ian hace moverse a esta curiosa criatura sobre el texto escrito de puño y letra por su novia. Cansado, cierra el cajón que hay bajo el escritorio, las limaduras se desplazan con él un poco y de pronto pierden sus mágicas formas para convertirse en polvo de hierro. Desordenado y caótico. Este estado, altamente inestable, pronto cambia, y las limaduras, obedientes, vuelven al frasco y recuperan su habitual entropía. Ian pliega la nota con cuidado y cariño y la guarda en el mismo frasco antes de cerrarlo.

El tarro de cristal queda sobre su mesa de estudio y centra toda su atención en él; eso hace que olvide durante unos minutos el hecho de haber dejado el trabajo y estar a punto de empezar una nueva vida.

Finalmente, agotado, se tumba en la cama y transcurren las horas sin que consiga dormir. La noche se hace larga, más por su percepción del paso del tiempo que por las horas que ha pasado en vela. Se enfrenta a un tiempo perezoso que se resiste a avanzar. Ninguna ley física podrá jamás medir esta percepción personal del tiempo. Es algo íntimo, diferente para cada observador y cada momento o circunstancia. Fija su mirada en los números rojos del despertador proyectados en el techo y cuenta los segundos que caen.

«¿Qué es el tiempo? No lo sé si me lo preguntan. Lo sé si nadie me lo pregunta.» Las dendritas de su cerebro se flagelan unas a otras con las estrofas de esta conocida cita de san Agustín y sacuden el sosiego de Ian Blom en esta noche de insomnio. Estará nervioso por cerrar la etapa en el CERN e inquieto por lo que le deparará el futuro en París. ¿Qué trabajo encontrará? Lo único que sabe es que lo pasará al lado de Corina, y eso es suficiente.

Siendo las 8.00 horas del 3 de febrero en Ginebra.
Ginebra, adiós.

BLOM IAN, *2021**

* *Nota de los autores:* Después de leer el capítulo final, se recomienda una segunda lectura de los capítulos 3 y 2.